# DANTE E L'ORIENTE

## GIUSEPPE GABRIELI

© 2023 Culturea Editions

Texte et illustration de couverture : © domaine public
Edition : Culturea (Hérault, 34)
Contact : infos@culturea.fr
Retrouvez notre catalogue sur http://culturea.fr
Imprimé en Allemagne par Books on Demand
Design typographique : Derek Murphy
Layout : Reedsy (https://reedsy.com/)

Dépôt légal : janvier 2023
Tous droits réservés pour tous pays

ISBN : 9791041844425

ALLA CARA E VENERATA MEMORIA

DI

ITALO PIZZI

(30 NOV. 1849 – 9 DIC. 1920)

Questo libretto non pretende di dire, e tanto meno di provare, nulla di nuovo, ma solo di raccogliere e ordinare alcuni elementi storici e letterari già noti, sebbene sparsi qua e là, certe osservazioni, induzioni o constatazioni utili ad aversi tutte insieme disposte, illustre o accennate, intorno ad un argomento che di recente ha interessato, fors'anche appassionato, gli studiosi di Dante e il pubblico colto, al quale particolarmente il mio scritto s'indirizza: la questione cioè dei probabili o possibili rapporti letterari, o nessi genetici, fra la Divina Commedia e le letterature orientali, affermati e sostenuti da alcuni, negati ed esclusi da altri.

Per mettere il lettore italiano in grado di giudicare da sè, senza lasciarsi andare a facili consensi o ad arbitrarie negazioni, mi è parso opportuno ed acconcio d'informarlo, come si dice, della questione, studiando, dopo una preliminare rassegna storica delle molteplici sicure relazioni fra Oriente e Occidente sino all'età di Dante, quanto questi seppe effettivamente, o potè sapere, della geografia, della storia e del pensiero (sia letterario sia artistico) orientali.

La esposizione piana e sommaria, necessariamente breve e spoglia di quella mostra di documentazione o erudizione, che per fortuna comincia a non piacere più nemmeno agli eruditi (la poca e più necessaria bibliografia è relegata in fondo al volumetto), forse non riescirà inutile e sgradita agli studiosi e ammiratori di Dante (non dovremmo esserlo tutti oggi, specialmente in Italia?), a quanti, senza diventare idolatri, hanno avuto e conservato fede salda nella originalità e sovranità del nostro primo e maggior Poeta nazionale.

Il presente libretto potrebbe anche contribuire a smontar l'avversione preconcetta di certi, pur illustri e benemeriti, dantisti a ricerche di simil genere, da essi considerate a priori come arbitrarie invasioni e vuote divagazioni di gente oziosa o presentuosa. Spero che chi ha detto e scritto a questo proposito "gli orientalisti stiano al loro posto", vorrà riconoscere l'ingiustizia dell'intimazione, e il danno che deriverebbe a molti studi da questo o simile giudizio sommario troppo semplicista. Si dovrebbe invece far buon viso, parmi, ed esser grati a simili tentativi, purchè fatti con serietà di preparazione e di metodo, anche se dimostrinsi alla prova fallaci nelle loro conclusioni; incoraggiare anzi ed invitare gli orientalisti a rivolger la loro attenzione alle cose nostre, come gli occidentalisti sono i benvenuti e bene accolti quando indirizzano le loro ricerche al mondo orientale. Solo così si può affrettare e assicurare, in ogni più modesto campo di studio comparativo, storico o letterario, la ricostruzione della verità; la quale in siffatti argomenti è quasi sempre multilatere e complessa, spesso complicata, nè conosce differenze di punti cardinali, ma si concede e si rivela allo sforzo concorde di quanti la cercano con rispettosa volontà movendo dalle più diverse parti, talvolta anche dalle più lontane. Comunque, oggi nemmeno il più modesto studioso di letterature romanze potrebbe o vorrebbe ripetere ciò che, alcuni anni or sono, sentenziava un altro pur chiaro e operosissimo nostro professore universitario: "Noi romanisti non pensiamo all'Oriente; lo lasciamo da parte, agli orientalisti sognatori, perchè per i nostri studi esso non importa nulla".

Parole e propositi cattedratici, che rivelano – a non dir altro – una psicologia molto... elementare ed oggi, speriamo, del tutto superata, quantunque essa abbia per più di quaranta anni tenacemente e spesso acremente avversato ogni tentativo  che in senso contrario (cioè per arguire e dimostrare influenze letterarie dell'Oriente sull'Occidente) facesse tra noi, con serenità e dottrina soda, il nostro più insigne iranista, venuto meno alla vita or sono appena alcuni mesi, e sembra che quasi nessuno se ne sia accorto nemmeno tra i nostri letterati e filologi di professione.

Mi sia permesso d'inscrivere su queste umili pagine, per atto d'accorato e reverente omaggio, il nome onorato e caro del prof. Italo Pizzi! Orientalista ed umanista, lavoratore molteplice indefesso, maestro solerte affettuoso, uomo integro candido generoso, spirito limpido temperato modesto: troppo tardi, ahimè! e troppo inadeguatamente, io pago alla sua memoria, in questa pubblica per quanto umile forma, il mio debito di sincera ammirazione, di devota riconoscenza.

Roma, maggio 1921.

## ORIENTE ED OCCIDENTE AL TEMPO DI DANTE

Che "Oriente ed Occidente non siano più da separare" (nicht mehr zu trennen) secondo il motto del Goethe, nessuno dubiterà più, per verun rapporto, oggi che alla lunga immane tragedia, dapprima guerresca poi economica e sociale, della vecchia Europa, tanta parte ha preso o sta per prendere l'Asia antichissima con le sue rinnovate stirpi, rimaste chiuse ancora entro gli originari confini geografici, o dilagate da secoli per tutta l'Africa del nord, o infiltratesi ed abbarbicate con indomita tenacia nelle contrade sudorientali della stessa Europa. Pur attraverso gli spasimi cruenti e le procellose convulsioni dell'orgoglio, dell'egoismo, del cieco nazionalismo od imperialismo, della folle anarchia; nonostante l'ignoranza, l'ingordigia e l'odio, che inevitabilmente separano, isolano, contrappongono l'uno all'altro i singoli al pari che le nazioni: malgrado tutto ciò, l'umanità nel suo complesso sembra oggi più che mai vicina per immancabile reazione a riconoscere, a ristabilire nel debito culto la sua unità originale, la fraternità spirituale del genere umano, quale hanno in ogni età e sotto ogni clima proclamata i savi più veggenti, e il Cristo ha col suo sangue suggellata e garantita in eterno a tutti gli uomini di buona volontà.

L'orientazione storica e critica del pensiero moderno, nel ricostruire la scienza e la letteratura, la filosofia e l'arte, la religione e la vita delle generazioni passate, tende ora più che mai con inappagabile curiosità a rintracciare i nessi innumerevoli, le relazioni, gl'influssi reciproci fra popolo e popolo, tra paese e paese, anche tra i più lontani di tempo e di spazio, ritraendone con intima soddisfazione il convincimento che pur nella vita dello spirito, come in quella della natura, non vi sono salti ne iati invarcabili; ma da per tutto per mille tramiti, più o meno palesi e profondi, circola e si comunica il pensiero umano, a traverso contrasti, reazioni, conflagrazioni o crisi più o meno violente, conservandosi uno e rinnovandosi senza esaurirsi o perir mai, come la materia cosmica, l'energia e il moto nel mondo e nell'universo.

La possibilità, anzi la necessità, non solo letteraria ma anche logica e filosofica, d'una storia umana generale o, come dicesi, universale, è ormai acquisita alla nostra coscienza moderna, onde oggi s'afferma per tutto l'opportunità dei vari tentativi ed abbozzi miranti a questa sintesi storica; di cui un primo passo ben promettente è quello già fatto per l'Europa, ad illustrare l'etnografia, la linguistica, la storia politica civile economica, l'arte, il diritto, la letteratura tutta dei popoli mediterranei nell'età antica medievale e moderna.

Non sarà estraneo all'argomento del presente libretto, se ci fermeremo a riassumere brevissimamente il circolo o linea unitaria di questo processo storico, a cui la mente dell'Alighieri non restò chiusa, se pur molte fasi di esso non potè scorgere o assai imperfettamente conobbe, ma del quale la sua vasta e profonda anima, pur inconsapevolmente, raccolse per certo l'eco indistinta, assorbì e rispecchiò in sè i riflessi molteplici e lontani .

*

* *

Profondo, vetusto e quasi originario, appare invero il contrasto psicologico tra l'Oriente e l'Occidente, i due mondi affacciati sul medesimo mare, mare storico e commerciale per eccellenza, il

Mediterraneo: divisi e ravvicinati a volta a volta da una incessante alternativa di urti e di attrazioni, dal cozzo frequente d'armi e d'incursioni guerresche, ma anche dallo scambio di idee e di merci, d'uomini e di cose, di religioni e d'arti, di conquiste insomma materiali e morali. Le principali tappe, ricorsi o periodi, di questa più volte millenaria vicenda, assomigliata al moto e quasi al ritmo di un immenso pendolo, sono ben note. All'antichissima civiltà assirobabilonesepersiana dell'Asia anteriore si contrappone, come riflesso e poi come reagente occidentale, la primitiva civiltà propriamente mediterranea (egeocretese, pelasgica, etrusca, greca, italoromana): i Fenici fanno la spola fra i due estremi della trama eurasiatica, trapiantando e deponendo negli empori da loro frequentati i germi del pensiero, come gl'insetti vagabondi trasportano sulle loro zampe, sulle ali o sulle antenne il polline fecondatore da fiore a fiore, da regione a regione. La impresa troiana, le guerre mediche e più tardi le guerre puniche segnano gli episodi principali di questo primo contatto storico tra l'Oriente e l'Occidente mediterraneo: furono come i primi ventilabri che raccolsero e sparsero al vento il grano della civiltà. Oriente ed Occidente, si rammenti, non sono che termini relativi, mobili, mutevoli, talora equivoci e persino identificabili o intervertibili: ogni terra, come la nostra antica Madre, potrebbe esser denominata a volta a volta, rispetto alle sue contigue, Ausonia ed Esperia.

La momentanea meravigliosa fusione dei due mondi, a cui portò la gesta asiatica di Alessandro e la conseguente espansione della cultura ellenistica fin negli angoli più remoti dell'Asia centrale, onde s'appianò la via alla conquista militare e amministrativa di Roma, cooperando organicamente il predominio intellettuale greco con l'imperialismo politico e giuridico dei Romani: questo breve periodo o sogno di fusione e pace mondiale si chiuse ben presto in Asia con una lenta ma ostinata reazione antiellenica e antioccidentale, rappresentata per ultimo dalla lotta dell'impero Sassanida contro Bisanzio, che durò molti secoli ed acuì tutte le cause dell'immane contrasto.

Fallito il tentativo di una pace mondiale romanoellenistica, il Cristianesimo riprese per suo conto il grandioso provvidenziale disegno di conquista unificatrice: dalla sua culla palestinese esso s'era subito rivolto all'Europa, seguendo la linea di minor resistenza, assorbendo grecità e romanità in larga misura, raccogliendo l'idea e quasi l'organismo imperiale, ricomponendo intorno a Roma caput mundi, e salvando dal diluvio barbarico, l'unità intellettuale e morale d'Occidente, in attesa di preparare e compiere la sua missione orientale ed asiatica, per cui primamente pareva fosse sorto. Senonchè la sua estrema ala destra, il Cristianesimo Orientale o Grecosiriaco, infiacchito e frazionato da molteplici cause e dissensi (di natura politica, dottrinali, disciplinari ecc.), si trovò impari al compito titanico di assimilare e unificare le molteplici frammentarie stirpi dell'Asia, ormai languenti da secoli in un'inerzia senile, dove s'incrociavano imputridendo i resti di tante civiltà estinte o moribonde. Allora sorse l'Islám, che, costituitosi, nelle sue origini teologiche di culto e di rito, con elementi prevalentemente cristiani, per quanto alterati o, come altri direbbe, falsificati, si può considerare, per certo verso, come un altro organismo unificatore, espresso quasi dal fianco del cristianesimo stesso (sebbene in senso e modo ben differente da come se lo raffiguravano i contemporanei di Dante) e allevato quasi nella medesima culla sinaitica, per quella funzione assimilatrice o conquista morale dell'Asia.

*

*  *

L'Islám, nato in epoca di reazione antieuropea, e quasi diremmo antiariana, divenne fra le popolazioni asiatiche in breve volger d'anni, per effetto di strepitose vicende guerresche, politiche ed economiche,

7

ma senza la più lontana intenzione del suo fondatore, come un simbolo di nazionalità, quasi vincolo e prova di quella unità etnica asiatica che l'Oriente semitico a noi più vicino non aveva sin allora chiaramente sentita mai: si svolse rapidamente in gigantesco strumento di diretto e polemico contrasto, di specifica differenziazione, conservazione e difesa dell'Oriente contro l'Occidente. Si drizzò così quella muraglia di bronzo tra Europa e Asia, cui invano le prime fortunate ambascerie cristiane ai Khán Mongoli (quelle di Pian dei Carpini, del Montecorvino ecc.), poi l'incessante operosità delle nostre gloriose repubbliche marinare, e da ultimo le Crociate tentarono di pervadere ed infrangere. Non potendo in alcun modo oltrepassarla, il genio latino fu obbligato a ripiegarsi su se stesso, a cercar la via e la maniera di girare attorno all'invarcabile barriera, divinando per tal guisa l'esistenza del nuovo mondo (già adombrata in certo modo dal Purgatorio dantesco, intuita chiaramente e quasi scorta dal Petrarca), ed aprendo così l'età delle grandi scoperte geografiche, che congiunsero l'Estremo Occidente all'Estremo Oriente. Ma prima che ciò avvenisse, l'Islám ad occidente, nonchè lasciarsi penetrare e dissolvere dalla Cristianità, aveva inondato con i Saraceni e i Mori l'Africa del nord, la Spagna e la Sicilia, e si preparava a piantare nel fianco stesso dell'Europa orientale, con i Turchi ottomani, il suo campo trincerato che sfiderà i secoli.

*

* *

Accanto a questa funzione separatrice, isolatrice, di ferrea barriera tra l'Occidente e l'Oriente, l'Islám nei primi sei secoli di vita (quanti ne contava, quando nacque Dante), un'altra ne aveva assunta e già avviata, in gran parte anzi compiuta: funzione più vasta e più profonda, adunatrice e unificatrice di razza umane. In meno di un secolo il dominio delle spade arabe e la invocazione musulmana ad Allah si estesero, per quasi quattromila miglia, dall'Indo all'Atlantico, dallo Jassarte al Mar di Persia, riunendo insieme per la prima volta genti tra loro lontanissime, razze e civiltà diverse, opposte: Semiti, Ariani, Mongoli, Camiti. L'orgoglio illimitato dei nuovi conquistatori, il dovere religioso del pellegrinaggio annuale alle due città sacre dell'Islamismo, Mecca e Medina, l'attrattiva degli studi tradizionistici e giuridici nei grandi centri della nuova cultura islamica (Damasco, Bagdád, Bukhára, Samarcanda; in occidente Cairo, Cairuán, Cordova), la nuova rete di traffici per tutto distesa, il gusto dei viaggi, il mirabile funzionamento delle vie postali ed itinerarie, favorirono, sollecitarono nel vastissimo impero dei Califfi un rimescolio incessante di uomini, di cose, d'idee. Il mondo antico fu traversato per lungo e per largo, in Asia e nell'Africa mediterranea, da mercanti, da studiosi e raccoglitori di tradizioni profetiche. Con la curiosità e l'avidità di vecchi mercatanti consumati al negoziare, questi irrequieti instancabili peregrinatori del mondo portavano anche la capacità, il desiderio di ricercare e studiare le antiche civiltà; insieme con le merci per i traffici e gli scambi, essi raccoglievano, trasportavano osservazioni individuali, notizie, memorie, spesso anche vecchi manoscritti (siriaci, greci, latini, copti, peelevici, indiani), che poi erano dai dotti traduttori, per lo più sirii e cristiani in origine, residenti alle corti califfali di Bagdád, Samarra ecc., volti e rimaneggiati in arabo, fornendo il sostrato e gli elementi costitutivi di quella cultura scientifica e filosofica, che gli Arabi rapidamente assorbirono, per diffonderla nel mondo asiatico, e trasmetterla poi all'Occidente.

Così la civiltà musulmana, anche se povera d'originalità e modesta nelle sue conquiste ideali e scientifiche, in confronto del mondo classico ed anche della civiltà cristiana, diventò tuttavia nel tempo e nello spazio un vero prezioso anello di congiunzione fra le civiltà asiatiche tramontate dell'evo antico e quelle nascenti dell'età moderna. L'Islám ha stabilito, se non l'unità (vincolo di cui esso fu capace solo nella compagine della stirpe araba, ed anche solo sino a un certo punto), almeno

8

la contiguità e continuità, la coesione (con tutte le innumerevoli e incalcolabili conseguenze morali e materiali) fra tutte le grandi civiltà antiche del mondo, avvicinando la terra dei Faraoni al Celeste impero, i paesi circummediterranei dell'Asia occidentale, dell'Africa e dell'Europa, all'India ed al Turchestan.

Questa funzione orientale, connettiva e ordinatrice dell'Islam nella storia del mondo si può dire quasi compiuta nei secoli XIII – XV con la conquista morale sui Turchi e sui Mongoli; le cui migrazioni e vittorie strepitose, da Gengiscán a Tamerlano, spostando violentemente e mettendo in subitaneo contatto i popoli e le idee appartenenti alla civiltà persiana e cinese, e poi attraendo nell'orbita della civiltà iranicamusulmana anche gli elementi dell'antica cultura braamanica, preparano il terreno all'unificazione religiosa e morale, cioè islamica, dell'Asia storica, – anzi per un breve periodo – di tutto il mondo antico, allorchè il Mediterraneo, da Mare nostrum e poi mare cristiano, fu ridotto quasi a un lago arabico. Ricordiamo la grande fulminea scorreria mongola che, quasi a metà del secolo XIII, portò gli eserciti tartari da Samarcanda sino alla Leida ed all'Adriatico, ritraendosi con non minore rapidità nell'Asia centrale e trasportandosi dietro, con brutali ma sapienti requisizioni, dalla Dalmazia, dalla Germania orientale, dalla Polonia, dalla Siria e Mesopotania, sino in fondo al Turchestan ed alla Cina, uomini (particolarmente artigiani), animali, cose, idee, semi di civiltà, di istituzioni e dottrine religiose, frantumi e residui di società sfracellate: vertiginoso rimescolio di popoli, riflusso o risucchio gigantesco seguito alla marea islamica che aveva prima innondato l'occidente, e poi al deflusso asiaticoeuropeo che da due secoli, cioè quanto durò l'età delle Crociate, metteva in contatti molteplici il mondo musulmano e il cristiano.

*

* *

Non sembreranno, spero, troppo lunghe, inopportune o divaganti le osservazioni sommarie qui fatte intorno alla funzione storica dell'Islám, ove si consideri ch'esso era già da un pezzo, e più che mai si presenta al tempo di Dante, come l'esponente od unico comune denominatore della civiltà asiatica, allo stesso modo che il Cristianesimo aveva funzione di comune denominatore della civiltà europea od occidentale. Nell'eccletismo o miscela babelica del primo, dell'Islám cioè arabico, in origine più che mai tollerante e indifferente, attorno al domma fondamentale giudaicoislamico della unità originaria di Dio e della sua rivelazione mediante i Profeti, s'erano adagiati ed allocati i resti in dissoluzione delle antiche civiltà asiatiche (babilonese, bizantina, faraonica e iranica, indobraamanica, cinese); quasi come nel prudente e bonario sincretismo del cristianesimo primitivo e dell'alto medioevo s'eran venuti a fondere sopravvivendo, attorno al primigenio nucleo giudaicoevangelico, elementi di pensiero e di psiche ellenistica, romana, germanica. Germi comuni, particolarmente biblici ed ellenici, non mancavano nelle due unità, nei due mondi in contrasto. E il Cristianesimo, più anziano di sei secoli, più colto, più elaborato dalla vivida e industre anima ariana, già molti elementi aveva dato, come accennammo, alla formazione dottrinaria e culturale dell'Islám: elementi della cui origine ne l'Oriente musulmano nè l'Occidente cristiano avevan più una chiara consapevolezza e talvolta nemmeno un vago ricordo.

Questa posizione di fatto, – che andremo precisando nei particolari, – dell'Oriente islamico verso l'Occidente cristiano nei primi secoli dopo il mille, è in generale trascurata o in parte ignorata dagli storici della nostra letteratura e dagli studiosi di Dante in particolare; onde vediamo con meraviglia, ad esempio, il Vossler nel suo bel libro sulla "Genesi della Divina Commedia" prender le mosse dalle

9

credenze oltramondane dei popoli orientali (gli Egizi, i Babilonesi ed Assiri, i Fenici, gl'Israeliti, i Persiani, i Greci), ma non dedicare nemmeno poche parole all'Islamismo, che pur quelle credenze in gran parte assorbì e trasmise, con i suoi molteplici rapporti ed influssi, all'Occidente latino od europeo. Questo errore elementare di prospettiva nasce dall'abituale errata valutazione del primitivo mondo islamico, la cui conoscenza è anche oggi d'ordinario superficiale, limitata alle grandi linee generali, politiche ed economiche, o che abbian rapporto con la storia delle scienze o di alcune arti, ma quasi mai approfondita nella sua vita culturale e letteraria, nella sua importanza funzionale di connessione e trasmissione fra le civiltà asiatiche e la Cristianità. Da ciò negli uni, i più, un certo ostentato dispregio e silenzio sulla letteratura arabomusulmana, considerata come prodotto infantile, rozzo e insignificante al confronto delle grandi letterature classiche, orientali ed occidentali; negli altri, pochi e più recenti, quasi per reazione, una esagerata importanza di essa, spinta sino a cercarvi e vedervi la luce o punto di partenza per molti problemi artistici, tecnici o letterari del nostro glorioso medioevo, quali l'origine delle forme metriche neolatine, del "dolce stil nuovo", e perfino la genesi del poema dantesco. Anche qui la verità è molto più modesta e sta nel mezzo, come ci proponiamo di mostrare, esaminando brevemente innanzi tutto a guisa di introduzione il nucleo ideale o dottrinario delle due religioni in contrasto, e poi enumerando in particolare i rapporti e contatti molteplici che uniscono il mondo cristiano a quello musulmano nell'età di mezzo sino al tempo di Dante.

*
* *

Considerando da vicino le due religioni nei loro punti fondamentali, dommatica e morale, non si trova fra di esse, in origine, un vero contrasto irreducibile. L'Islám originario si può definire, quale fu, e quale lo ritenne la stessa coscienza Cristiana medievale, una setta antitrinitaria del Cristianesimo. Comuni il domma dell'unità di Dio e della sua personalità quale creatore e signore dell'universo e dell'uomo, le credenze negli Angeli, negli Apostoli, nelle Sacre Scritture quali rivelazioni e norme divine sulla condotta o il destino del genere umano, nel giorno del Giudizio finale, nell'immortalità dell'anima; il medesimo piano o rappresentazione escatologica della vita oltremondana, cioè i tre (o anche quattro) stati delle anime o "novissimi", chiaramente affermati e distinti: Inferno, Paradiso, Purgatorio (e Limbo); il medesimo decalogo morale, più o meno esplicitamente accettato anche dall'Islám. La divinità di Gesù Cristo, il culto stesso della Vergine (perfino la sua immacolata Concezione) trovano nel Corano le loro giustificazioni o addentellati, mentre la venerazione dei Santi o agiolatria non è per nulla estranea all'Islám, che ebbe ed ha anch'esso i suoi eroi, i suoi martiri, i suoi santoni. D'altro canto la poligamia potrebbe essere considerata come varietà locale o provinciale del Cristianesimo orientale, non altrimenti che la facoltà di connubio nel clero ortodosso rispetto al celibato del clero latino.

Ciò che separa l'Islám dal Cristianesimo, è piuttosto diversità, contrarietà di organamento funzionale, di evoluzione storica: sopratutto l'assenza di un vero potere spirituale, di gerarchia e di clero. Ma questa diversità organica, data la naturale tolleranza dell'Islám primitivo, non avrebbe necessariamente portato al contrasto ed alle asprezze irreducibili, se non fossero intervenute cause politiche, economiche, militari, territoriali, ignoranza vicendevole e mutuo disprezzo, fanatismo ed orgoglio. Algazáli, il dottore o santo padre musulmano per eccellenza, si direbbe più o altrettanto cristiano che musulmano: egli giunge ad ammettere, se non a ritenere legittima, perfino la confessione. Ibn alFárid e gli altri grandi mistici ortodossi dell'Islám hanno dottrine, atteggiamenti e spesso anche terminologia molto affine, anzi simile, a quella dei mistici cristiani medievali. Ciò che

10

particolarmente esacerbò, rese insanabile il contrasto fra le due religioni, fra i due mondi convergenti sul Mediterraneo, fu l'occupazione, l'appropriazione dei Luoghi Santi:

la nequizia

di quella legge il cui popolo usurpa,

per colpa dei pastor, vostra giustizia.

La Terra Santa, dove i ricordi sacri di due, anzi tre, religioni s'erano sovrapposti, mescolati, abbarbicati, fu il pomo della discordia per molti secoli tra Oriente ed Occidente: bagnata dal sangue del Martire divino, che aveva dato la sua vita per tutti gli uomini, insegnando loro la fraternità e l'unica figliolanza dall'unico Padre, essa diventò il segno, l'aiuola delle più feroci e cruente competizioni tra i popoli dell'età media.

*

* *

Al rapido e vittorioso diffondersi dell'Islám su quasi tutte le terre mediterranee (Siria, Egitto, Africa del nord, Spagna, Francia e Italia meridionale, Baleari e Sicilia), pronto e continuo si stabilì il contatto fra le due civiltà, cristiana e musulmana, per condotti costanti e normali, guerreschi e pacifici. Tra questi canali o tramiti di comunicazione sono da enumerare innanzi tutto i rapporti di carattere economico, l'attivo cioè e molteplice commercio, terrestre e marittimo per le due grandi vie allora più battute: l'una più antica, del nord (CaspioVolgaBaltico), attraverso Moscovia, Finlandia, Scandinavia, Danimarca, Isole Britanniche; l'altra più tarda ma assai più frequentata, nelle opposte e reciproche direzioni, attraverso il Mediterraneo, su navi musulmane, greche, veneziane, genovesi, pisane, provenzali, catalane. Varie e ben note ricerche di storici ed orientalisti moderni sul commercio arabo nelle terre baltiche, sulle colonie latine in Oriente e sul commercio del Levante nell'età di mezzo documentano, in misura strabiliante, la ricca complessità di queste relazioni economiche, che i geografi e storici arabi, più ancora delle nostre cronache occidentali, registrano a ogni passo. I vocabolari delle lingue viventi europee, particolarmente delle neolatine, ne serbano molteplici tracce. Noi abbiamo ancora oggi (per parlar soltanto di tessuti od altri oggetti d'uso, sui cui nomi è rimasta l'impronta d'esportazione dagli originari centri industriali dell'Oriente musulmano) le mussole, i fustagni, i damaschi, le bugie, i marocchini, ecc. E già Dante menziona, come a tutti note nel suo tempo, le stoffe o tessuti importati dall'Oriente:

con più color sommesse e sovrapposte

non fêr mai drappo Tartari nè Turchi.

(Inf. XVII, 1617)

All'incentivo economico s'unì ben presto l'ideale religioso, promotore dei pellegrinaggi cristiani in Terra Santa, individuali e collettivi, che movevano da tutte, anche le più remote, terre d'Europa, agevolati dall'erezione di ospedali, monasteri e basiliche nei Luoghi Santi, particolarmente nei secoli IXXI. Nei due secoli successivi le Crociate con la conseguente fondazione di colonie europee e stati cristiani tra l'Eufrate e il Nilo, nel cuore stesso dell'Islám, stabiliscono intima e durevole comunicazione fra esso e la Cristianità. La quale finalmente, a partire dal secolo XIII, annoda nuovi rapporti spirituali con il mondo musulmano, mirando dopo l'insuccesso delle spedizioni guerresche

11

alla pacifica conquista delle anime mediante la predicazione e la catechesi, affidate alle missioni dei frati Francescani e Domenicani, ognor meglio preparati al loro scopo, anche con lo studio della lingua e della letteratura religiosa dei popoli musulmani. Questi studi arabici dei due grandi Ordini evangelizzatori formano epoca nella storia della coltura, e meriterebbero una precipua illustrazione.

Dante ricorda la "sete del martiro" che trasse San Francesco a predicar Cristo

nella presenza del Soldàn superba.

A temperare l'"acerbità" delle genti musulmane "a conversione", cioè per agevolare in qualche più acconcio modo le missioni cristiane in partibus infidelium, si provvide appunto con l'insegnamento dell'arabo, istituito già nella prima metà del secolo XIII nelle scuole domenicane di Jativa, di Murcia e di Tunisi, poi nel 1275 insieme con l'insegnamento della lingua ebraica nel Collegio majorchino francescano della SS. Trinità di Miramar, e finalmente per disposizione del Concilio di Vienna del 1312, in ciascuna delle grandi università cattoliche di Roma, Parigi, Oxford, Bologna e Salamanca. Limitandoci a due soli nomi, che potremmo dire di missionari arabisti, menzioniamo Raimondo Lullo 3° O. Min., apostolo e martire dell'Oriente (morto nel 1315), e Ricoldo da Montecroce (morto nel 1320) predicatore domenicano, che soggiornò lunghi anni a Bagdad e conobbe dei musulmani lingua, letteratura, vita, dottrina, come forse nessun altro del suo tempo: entrambi contemporanei di Dante, il secondo anche concittadino.

*

* *

Ma il contatto più intimo e più vicino, quasi la fusione delle due civiltà, musulmana e cristiana, s'era avuta già in Occidente, nei secoli XXII, in Sicilia ed in Spagna. La corte prima normanna, poi sveva, di Palermo, sotto Ruggero II, e specialmente sotto Federico imperatore, era ritrovo di Cristiani e musulmani, bilingui e trilingui, versati nella letteratura araba e nella filosofia greca: scienziati, medici, astrologhi, geografi, matematici, poeti, trovatori arabi, conviventi accanto a trovatori cristiani, che nella lingua volgare da poco sorta a dignità letteraria cercavano di emulare l'abilità metrica e melodica dei loro colleghi infedeli. Basterà ricordare i lavori geografici dell'arabo Edrísi dedicati a re Ruggero, e la corrispondenza filosofica dell'imperatore Federico con i savi musulmani, particolarmente con ibn Sabiín. Nella università di Napoli, fu raccolta una scelta collezione di manoscritti arabi, da cui lo svevo fece tradurre le opere di Aristotile e di Averroè, mandandone copie per la diffusione a Parigi e a Bologna.

Con intensità ed estensione maggiori e da assai più tempo la cultura islamica, la conoscenza delle lettere e delle scienze arabe eran diffuse nella Spagna, e di là al resto dell'Europa cristiana per la più vasta, e più stretta convivenza e quasi fusione, che ivi si ebbe, tra l'elemento conquistatore araboberbero ed i sudditi mozarabici, cristiani cioè ben presto arabizzati; i quali a Cordova si davano con avidità ed entusiasmo allo studio non solo della lingua e letteratura, ma anche delle dottrine filosofiche e teologiche dell'Islám, richiedevano ed ottenevano la traduzione in arabo persino della Bibbia e dei Canoni ecclesiastici; ed a Toledo, anche dopo la riconquista del secolo XII, usavano ancora la lingua e la scrittura araba negli atti pubblici. I riflessi di siffatta cultura islamica erano naturalmente diffusi nel resto della Spagna e poi in Europa, specialmente quando, iniziatasi felicemente la riconquista, i musulmani sottomessi (Mudejares e Moriscos), attratti dall'abile politica dei vincitori alle corti dei re castigliani o aragonesi, cooperano attivamente all'influsso letterario arabo, che culmina sotto Alfonso il Dotto. Il quale, conoscendo direttamente la lingua e la letteratura araba, fonda in Murcia e in Siviglia scuole miste o interconfessionali per l'insegnamento della medicina, della filosofia e d'altre scienze, impartito ad arabi, giudei e cristiani, per opera d'insegnanti cristiani e musulmani; e fa tradurre dall'arabo opere di fisica e di astronomia, di letteratura ricreativa o novellistica, morale, storica e religiosa, intensificando il lavoro della scuola di traduttori già fondata alcuni anni prima in Toledo dall'arcivescovo Raimondo per volgere in latino, con la collaborazione di interpreti arabi e giudei e di dotti cristiani – spagnuoli e stranieri –, gli scritti più celebri di scienza arabica, specialmente naturalistici, matematici e filosofici.

Così, in pochi decenni, per opera di attivi e colti traduttori (fra cui menzioniamo gl'italiani più noti: Accursio da Pistoia, Andrea Alpago da Belluno, Gherardo Cremonese, Platone da Tivoli, Salomone da Padova, Simone Genovese e Stefano di Messina), i cristiani non solo conobbero, attraverso le traduzioni o rifacimenti arabi, parecchie opere degli antichi filosofi, medici o matematici greci, quali Aristotile e Alessandro d'Afrodisia, Ippocrate e Galeno, Tolomeo, Archimede, Euclide, Autolico, Teodosio, ecc.; ma lessero gli scritti stessi, filosofici, naturalistici, astronomici, medici di molti dotti commentatori e autori arabi: citiamo, tra i meno noti. Costa ben Luca, alKindi, alFarábi, Albategni (Battáni), Geber l'alchimista, Johannitius (Honain), Messahala (Masciallà), il famoso Razi, Mesue l'antico (ibn Masawayh), Thabit ibn Qurrah, Arzachél, Avenzóar, ecc. ecc. Alcune di queste opere, particolarmente fisiche o mediche, furono tradotte in Sicilia alla corte normanna.

Alla corte splendida e poliglotta di Alfonso X, furono parecchi italiani contemporanei di Dante: fra altri Brunetto Latini, nel 1260, ambasciatore del Comune fiorentino per chiedere aiuto contro i Ghibellini; fors'anche Sordello; certo negli anni 125254, il trovatore genovese Bonifazio Calvo, che poetò in provenzale e portoghese o galiziano, e visse in contatto di maestri e poeti musulmani e israeliti oltre che di trovatori provenzali, spagnuoli e portoghesi, facendo ritorno a Genova fra il 1266 e il 1273.

Altri fattori o strumenti di contatto, di diffusione e connessione tra la Spagna musulmana e le principali città d'Europa, erano i mercanti giudei attivissimi, naturalmente adatti all'apprendimento delle lingue e delle scienze, e in particolare alle traduzioni; i prigionieri di guerra sia cristiani, sia musulmani, di solito riscattati o scambiati e reduci alle rispettive loro sedi d'origine; gli ambasciatori e i viaggiatori per ragioni d'interesse, di religione o di studio. Tra questi ultimi menzioniamo il giudeo Beniamino di Tudela, e l'arabo andaluso ibn Giubayr, che percorsero entrambi il Mediterraneo, le terre d'Italia e di Sicilia, e lasciarono relazioni di viaggio molto pregiate e importanti, di un'età in cui i viaggi in Oriente erano, se non più agevoli, certo più frequenti e continui che non siano mai più stati dopo, come ne fa fede anche l'epopea cavalleresca, dove i cavalieri passano con tanta facilità da Ponente a Levante e viceversa: ad esempio Orlando nell'Entrée d'Espagne, poema franceseitaliano contemporaneo alla Divina Commedia.

Aggiungiamo ancora un altro strumento o incentivo a mutue informazioni, a comunione sia pur contradittoria di idee, di dottrine, di ragguagli: la polemica religiosa, nelle sue varie forme di discussione pubblica o privata, individuale o collegiale, ufficiale o scolastica, improvvisata o indetta e compiuta con solennità come una giostra, alla corte, nelle piazze, per le strade, dapertutto, fra musulmani e cristiani, in Oriente e Occidente. Non era raro il caso che siffatte dispute teologiche fossero provocate e favorite dagli stessi sovrani musulmani, come accadeva di frequente in Egitto sotto il sultano alAzíz (976996 Cr.), una cui moglie, e madre dell'erede presuntivo alHákim, era cristiana, cristiano il visír ibn Nestorius, e i due fratelli della moglie patriarchi di Alessandria e di

Gerusalemme: cristianesimo ed islamismo si trovavano dunque a contatto immediato, sotto lo stesso tetto regale, nel gineceo, alle corti; dove quasi sempre medici cristiani e giudei erano favorevolmente accolti accanto ai colleghi musulmani, talvolta a preferenza.

La letteratura polemica ed apologetica dei Cristiani, dei Giudei, dei Musulmani e le molteplici pubblicazioni di testi vari sull'argomento, arabi, greci, siriaci, latini, giudaici, ci mostrano quanto fervore dialettico e teologico di dispute fossero dall'una e dall'altra parte, e quanta cura reciproca a conoscere ed oppugnare le ragioni o prove dell'avversario, a partire da Giovanni Damasceno, che per primo ci lasciò in greco un dialogo o disputa fra un Cristiano e un Saracino, e venendo sino ai dottori polemisti quali ibn Taymiyyah (12631327) e San Pietro Pascasio (morto nel 1312), per fermarsi altempo di Dante.

*

* *

Bisogna anzi riconoscere e confessare che, in generale, i polemisti musulmani dimostrano una assai più larga e precisa conoscenza dei nostri Libri Sacri, della storia e teologia del Cristianesimo, che non i Cristiani dell'Islamismo. Se noi oggi sorridiamo a leggere la infantile ed assurda descrizione di Roma nei geografi arabi anche posteriori a Dante; con assai maggior ragione potranno sorridere ed inorridire i musulmani a leggere quanto scrivevano e credevano i dotti in Occidente, al tempo di Dante, sulla vita e l'opera di Maometto, in maniera per contenuto e per forma tanto diversa da quella adoprata dai dottori islamici e da Maometto stesso, nel parlare o scrivere di "Isa Kàlimat Allah" cioè di Gesù Verbo di Dio.

Il furore teologico e polemico, oltre all'interesse economico e politico (in qualche luogo, come in Spagna, anche il sentimento nazionale) acuirono, esacerbarono il contrasto etnico, rendendo sempre più estranei e nemici i due mondi, incapaci ormai di intendersi più. Da una parte i musulmani, un impero vastissimo che, sebbene presto frazionato in molti e grandi stati periferici, aveva – come si disse – nella religione un vincolo d'unità quasi nazionale: popoli ancor giovani, ricchi d'energie vitali, di risorse economiche, di materie prime, di coltura scientifica, filosofica, professionale, industriale; pieni d'orgoglio, di consapevolezza della propria superiorità politica militare intellettuale, di spregio verso le razze europee, da essi quasi ritenute incapaci alla civiltà ed alla scienza. Dall'altro lato i Cristiani, consapevoli, pur nelle miserie e nelle tenebre dell'alto medioevo, della grandezza antica (di cui sentivansi sempre eredi, se pur non continuatori), riconoscevano bensì la provvisoria superiorità militare, industriale, agricola e particolarmente scientifica degli Arabi, ma nel contempo avevano profonda e diffusa la coscienza della lor propria superiorità morale, religiosa, storica, letteraria, direm così nobiliare.

Gli Arabi erano ed apparivano al diseredato Occidente come manomissori, anzichè legittimi proprietari, del sapere antico. Come conservatori e trasmettitori, quasi mediatori, del pensiero scientifico antico, gli Arabi, o meglio i musulmani (Mori o Saraceni; in realtà e in prevalenza Persiani), erano anche nel seno della Cristianità rispettati, studiati, discussi, ricercati, imitati: Albumasar, Alpetragio, Alfergani, Avicenna, Algazali, Averroè, erano nel Ducento nomi riveriti e citati in tutto l'Occidente tra i dotti; ma quali assertori e seguaci d'una religione così ibrida nei suoi dommi, così deformatrice e falsificatrice della dottrina cristiana, sopratutto fondata su una Legge o testo sacro, storicamente, letterariamente e moralmente tanto inferiore ai Libri santi giudaicocristiani, sparso e ricinto di tante scorie leggendarie, infantili, ridicole, di "bestialità e paccie" (come diceva

14

nel 400 il predicatore, fra Roberto da Lecce), di "fabulae, falsitates et blasphemiae" secondo l'espressione di fra Ricoldo che intraprese a Bagdád nel 1290 una traduzione latina del Corano; per tutte queste ragioni, i musulmani erano nel medioevo, naturalmente, spregiati e derisi dai Cristiani, e animosamente avversati come violatori della primordiale unità di fede, oppressori e profanatori dei Luoghi Santi, come nemici irreconciliabili di Dio, della Chiesa e della civiltà cristiana.

Non mancavano naturalmente le distinzioni e le eccezioni: Ricoldo attesta con ammirazione l'urbanità e la dignità della vita privata dei musulmani in Siria e in Mesopotania; e d'altra parte il nome del Saladino era passato nella novellistica e nella leggenda occidentale ricinto d'una aureola di giustizia e generosità senza pari: altrettanto si potrebbe dire, per valore, pietà e cortesia, di San Luigi il crociato, e del Cid Campeador, nell'immaginazione e nella coscienza dei musulmani di Africa e di Spagna di poco anteriori a Dante. Ma anche in questi particolari casi di eccezione, la intolleranza ed animosità, più o meno consapevoli, dell'una e dell'altra parte, non poteva che concludere ad un modo: "La lode spetta solo a Dio", quando anche non aggiungeva subito dopo la menzione di lode, più o meno esplicitamente, come davanti a maggior pericolo di tentazione: "Iddio lo maledica!" Giacchè in quell'età di contrasti e di lotte, di avversione dottrinale teologica dommatica, di scarsa scambievole conoscenza, di più scarso senso critico e filosofico applicato alla storia, i rapporti più consapevoli fra Islám e Cristianità, i soli rapporti ufficiali possiam dire da entrambe le parti, erano d'opposizione irreducibile, d'implacabile ostilità.

Senonchè sotto questa lotta accanita e diuturna, rinfocolata dal contrasto degli interessi economici e politici, delle dottrine religiose, delle mutue vendette e inimicizie, della mutua ignoranza, continuava ininterrotto, anzi intensificato quanto meno visibile ed avvertibile all'una e all'altra parta, lo scambio di idee, di superstizioni, di vaghe aspirazioni, di leggende, assai più rapide a diffondersi e ad attecchire che non fossero le notizie storiche e i dommi, particolarmente da un focolaio in continua ebollizione qual era l'Oriente dell'Asia anteriore, dove tante antiche e nuove civiltà, religioni, sette, razze diverse s'eran confuse, sovrapposte, rimescolate in processi sempre attivi di decomposizione e ricomposizione permanente.

*

* *

Quale babelica miscela di razze e d'influenze diverse fosse nell'Asia musulmana dopo il 1000, è più facile immaginare che brevemente dire con qualche precisione. Da una parte, una popolazione cristiana numerosa tenace nelle sue tradizioni secolari, e mal sottomessa, riempiva le città d'Asia Minore, di Siria, di Palestina, di Armenia, delle provincie dell'Eufrate, e conservava – più o meno tollerati – in faccia alle Moschee musulmane, le sue Chiese, il culto dei suoi Santi, le cerimonie della sua religione. Dall'altra parte, una variopinta molteplicità di stirpi, di dottrine e di culti, su cui s'era distesa una tenue vernice d'uniformità islamica. I Persiani avevano abbracciato l'Islamismo, ma portandovi, invece del vigore e del fanatismo monoteista degli Arabi, i capricci della loro immaginazione, le loro leggende fantastiche, il mondo dei buoni e dei malvagi genii che popolavano il culto di Zoroastro: l'antico culto pirolatra dei Magi sopraviveva ancora, nonostante le frequenti persecuzioni, processi ed esecuzioni, accanto alla nuova fede islamica. A questo miscuglio informe i Beduini del deserto di Siria aggiungevano la loro mezza idolatria; gli Ansàri del Libano vi portavano il culto del sole e del Mithra orientale; gli Ismaeliti e i Drusi, le bizzarrie cristianomaomettanoidolatre; i Giudei le dottrine misteriose della Cabala; e infine, fra tanta confusione di sette rivali, i custodi e

15

difensori della fede musulmana, i sovrani stessi dell'Asia minore ed emiri di Siria, in gran parte Turchi Selgiucchi, appartenevano a una razza idolatra convertita da poco e solo in parte, che conservava nel seno stesso dell'Islamismo le sue pratiche superstiziose, portate dall'alta Asia insieme con il gusto dei saccheggi e delle avventure. In mezzo a questo caos etnicopoliticosociale, la cui storia è per ora, e sarà forse per sempre, quasi impossibile, avvennero le più strane metamorfosi, gli scambi più stupefacenti di dommi, idee, rappresentazioni, leggende, fantasmi religiosi e letterari.

I prodotti di queste miscele etniche e culturali dovevan di necessità, per la loro stessa ibrida natura, rapidamente diffondersi, attecchire nei vari ambienti popolari asiatici, trapiantarsi con i commerci, con le migrazioni, con i pellegrinaggi, con le relazioni molteplici anche all'Europa orientale più vicina, attraverso quel crocicchio delle vie storiche e crogiuolo delle influenze spirituali, che fu Costantinopoli. Di là passano quegli elementi leggendari, ascetici e visionistici che, provenendo dal Talmud, dalla Gnosi, dal Manicheismo e Parsismo, suscitarono o almeno alimentarono le numerose eresie popolari mistiche pullulanti in Europa nel secolo XII e seguenti: penetrati nella penisola Balcanica ed organatisi dapprima nella setta dei Bulgari o Bogomili, si estesero con una catena di colonie per quasi tutti i paesi dell'Europa centrale e meridionale spingendosi, probabilmente attraverso l'Italia meridionale quasi impregnata di elementi grecoorientali, fin nella Francia e nella Germania, nelle comunità eretiche dei Catari, Patarini, Albigesi, Valdesi, Gioachimiti, ecc...

Tutti costoro si professano amanti – almeno in teoria – d'una rigida disciplina puritana, di speranze ed aspettazioni apocalittiche, d'interpretazioni allegoriche dei fatti e dei testi sacri, di nuove rivelazioni e profetici messaggi o prognostici; si dilettano di leggende apocrife, racconti demoniaci, rappresentazioni e visioni portentose, particolarmente delle pene infernali: tutto un mondo in ibrido rimescolio, conglomerato di incipiente razionalismo filosofico e di vecchio rinnovato misticismo, d'ingenui ardori e di sbrigliate fantasie, di rigorismo ascetico e di commossa contemplazione e quasi partecipazione drammatica alla lotta fra lo spirito del bene e quello del male, sotto l'influsso più o meno distinto di idee e di figurazioni provenienti dall'Oriente, dall'Oriente più vicino o grecobizantino, e da quello più lontano, ma pur sempre collegato per tante diverse vie, siropalestinese o iranosemitico.

*

*  *

Un altro veicolo, popolare anche questo, di concezioni e rappresentazioni della vita d'oltre tomba, di leggende agiografiche e demoniache, fra Oriente ed Occidente nell'età anteriore al mille, furono le così dette rappresentazioni sacre grecobizantine, liturgiche ed eortologiche, illustranti cioè in forma omileticadrammatica le principali festività dell'anno cristiano. Queste rappresentazioni popolari liturgiche bizantine, molto diffuse in Oriente nei secoli VIIIX, che avevano saldato insieme attorno ai vari momenti della vita del Cristo (in particolare, il preannuncio dei Profeti, l'Annunciazione, la discesa nel Limbo, la lotta fra il diavolo e il Cristo, ecc.) disparati elementi storici, letterari e dottrinali (quali le ingenue leggende degli Evangeli apocrifi, le argomentazioni teologiche e la forma dialogica della sûgîthâ od omelia drammatica siriaca, e finalmente i tipi comici e il realismo del Mimo popolare): siffatte sacre rappresentazioni bizantine presto passarono e si sparsero in Occidente, anche queste attraverso l'Italia, per opera precipua dei monaci greci della Sicilia e delle Calabrie, influenzando e contribuendo all'origine del teatro sacro occidentale. "Questi monaci irrequieti – scrive il La Piana – agitati sempre dal bisogno di muoversi e di cambiar sede, ora percorrono da

16

pellegrini tutto l'Oriente, ed ora vanno a seppellirsi nelle più selvaggie laure dei monti calabresi: poi si attorniano di discepoli, fondano monasteri, edificano chiese, finchè un bel giorno fuggono precipitosamente, vanno in altre regioni, fondano nuovi monasteri, cercano nuovi discepoli e portano dapertutto il loro rito, la loro lingua liturgica, i loro salteri, i loro codici di omelie, le loro raccolte di leggende. Dalla Sicilia alle Calabrie, di qui alle Puglie, e poi sino a Roma e sino al di là delle Alpi, questi monaci dei secoli IXXI sono gli autori di una vera colonizzazione religiosa bizantina, che doveva lasciare traccie vive e profonde nella vita religiosa dei popoli. Fra il mondo greco e il mondo latino, Napoli è alla fine del IX sec. il principal centro di scambi intellettuali, fra cui il grande patrimonio di leggende sacre e di omelie drammatiche che, tradotte in latino, davano origine a nuove redazioni, a nuove aggiunzioni e infine a nuovi cicli leggendari e drammatici, dove a poco a poco anche i vestigi e i ricordi dell'antica origine andarono perduti". Via via che gli studi bizantini letterari ed artistici, ai nostri giorni, s'allargano e s'approfondiscono, appare sempre più verosimile, che in particolare Bisanzio sia stata tra il V e il XII secolo per l'Occidente la grande iniziatrice di cultura; che la Sicilia e l'Italia, ed anche la Francia e la Germania, debbano a lei la parte formale, e talvolta anche essenziale, del loro svolgimento artistico ed anche letterario.

Ora, sebbene la storia dei rapporti culturali fra l'impero Bizantino e il mondo arabomusulmano sia ancora in gran parte da scrivere, tuttavia è innegabile che essi furono frequenti, molteplici, intensi, e s'effettuarono specialmente nella Siria, nella Palestina, in Egitto, ed anche in più tarda e più esigua misura in Sicilia e nell'Italia meridionale. Attraverso il Mediterraneo orientale e poi anche occidentale, molto presero certamente ed appresero gli Arabi, prima di dare e d'insegnare alla loro volta.

Così, in questa rapida e forse troppo secca rassegna sommaria dei rapporti politici, religiosi, economici e culturali fra Oriente ed Occidente, partendo dai tempi più lontani siamo scesi giù giù fino all'età di Dante e a Dante stesso; al quale ora ci volgiamo come a mèta prefissa, e mai perduta di vista, della nostra alquanto errabonda peregrinazione attraverso le età storiche del passato.

## II

## L'ORIENTE GEOGRAFICO DI DANTE

Le conoscenze geografiche dell'Alighieri furono naturalmente quelle comuni al tempo suo, in particolare per i luoghi e contrade ch'egli non potè vedere e visitare, o di cui non potè avere come che sia notizia, letteraria od orale, per tutto quanto cioè in particolare si riferisce a paesi fuori d'Italia, sopratutto all'Oriente. L'Oriente mediterraneo (nel quale van compresi – come dicemmo – anche l'Egitto e tutta l'Africa del nord), frequentato dai mercanti europei e specialmente italiani nei suoi scali ed empori scaglionati dal Marocco al Mar Nero, era comunemente, per quanto superficialmente, noto in Occidente, e quindi all'Alighieri. Lo possiamo con sicurezza ritrarre dalle sue opere e dalle fonti che egli cita o ci fa arguire, dai documenti geografici e cartografici del tempo suo, da quanto sappiamo attorno alla storia delle conoscenze geografiche nel medioevo.

È noto quali furono le principali fonti geografiche di Dante. In ordine di frequenza e famigliarità che l'Alighieri ebbe con esse, si possono così enumerare: 1° – Il Tesoro di B. Latini; 2° – le Historiae di P. Orosio citate espressamente "in sua mundi descriptione" per determinare nel monte Atlante e nelle isole, "quas Fortunatas vocant", i limiti occidentali dell'Africa (Mon. II, III, 8790); 3° – gli Elementa Astronomica di Alfraganus o, come sono menzionati nel Convivio (II, VI, 134), il Libro dell'aggregazione delle stelle: opera d'astronomia, ma con alcuni capitoli interamente dedicati alla geografia, come meglio più avanti indicheremo, 4° – il libro Della natura dei luoghi d'Alberto di Colonia o della Magna (Conv. III, V, 113114); 5° – probabilmente, Isidoro da Siviglia, le cui Etimologiae furono una vera enciclopedia del suo tempo, cioè dei secoli VI VII.

Ora, se osserviamo che Isidoro attinge frequentemente ai Collectanea di Solino (vissuto c. 230 di Cri.), e che Li Livres dou Tresor, come è ormai dimostrato, seguono nella parte geografica prevalentemente questa medesima fonte latina, anche in certi casi nei quali ser Brunetto potrebbe dir qualcosa di suo (come ad esempio per ciò che riguarda Giaffa); siamo condotti a risalire per Dante a due prime categorie d'informazioni geografiche rispetto all'Oriente: le classiche e le arabe. È noto d'altra parte che quasi tutte le principali conoscenze astronomiche, cosmografiche e meteorologiche di Dante hanno per principal fonte diretta il libro d'Alfragano, come le astrologiche risalgono probabilmente agli scritti di Albumassar (Conv. II, XIV, 170), in quanto già non provengono – sopratutto le prime – da quella letteratura classica romana, specialmente poetica (Virgilio, Ovidio, Lucano, ecc.), di cui l'Alighieri si alimentò nella sua giovinezza, e la cui portata e contenuto geografico rispetto al mondo orientale sono stati messi in ampia luce sin dal secolo passato da vari filologi orientalisti.

Altre informazioni geografiche e topografiche sui paesi d'Oriente, che pur non appaiono nelle sue opere, Dante potè ritrarre dalle voci e nozioni correnti fra contemporanei, da corrispondenze e relazioni di recenti viaggiatori e missionari nelle terre degli infedeli. Ricordiamo il già citato Piano Carpini, i fratelli Polo, Giov. da Montecorvino, Oderico da Pordenone, il più volte nominato frà Ricoldo (che, pochi anni dopo la sua morte, nel Dittamondo di Fazio degli Uberti, sarà preso a guida e cicerone per i paesi orientali, come Solino è per il mondo antico), e tanti altri frati Minori e Predicatori correnti sulle orme di San Francesco a

"predicar Cristo e gli altri che il seguiro".

Di Ricoldo da Montecroce, che Dante potè direttamente o indirettamente conoscere, perchè visse molti anni nel convento di Santa Croce e vi morì, segnaleremo l'Itinerarium o giornale delle sue peregrinazioni compite attraverso la Terra Santa, l'Armenia, la Cicilia, la Persia e l'Iran, fra Tartari, Turchi, Arabi, Kurdi, nestoriani, giacobiti, musulmani, predicando e disputando in arabo, in greco, in caldaico: Itinerarium composto verso il 1290 e presto conosciuto, volgarizzato anche in italiano ed in francese.

Fra queste fonti geografiche contemporanee, due ne rileveremo ancora, che alla loro volta risalgono e ci riportano direttamente a informazioni scritte orientali, anzi propriamente arabiche: Marin Sanudo e Frà Ristoro d'Arezzo. Il Liber secretorum fidelium Crucis super Terrae Sanctae recuperatione et conservatione, composto intorno al 1306, era fornito di carte o mappe, con il tracciato e contorno prevalentemente nautico o costiero del Mediterraneo, dell'Egitto e della Siria; dov'è innegabile l'influenza della Carta Rogeriana o Mappamondo disegnato e illustrato dall'arabo Edrisi, assai più che quella dei recenti, per quell'età, viaggiatori occidentali; come del resto è noto che la cartografia medioevale, riproducendo di solito con molta fedeltà modelli anteriori, va molto tarda nell'utilizzare dati e ragguagli recenti.

L'altro contemporaneo di Dante e quasi suo vicino, cosmografo e naturalista eminente per la sua età, particolarmente studioso e utilizzatore di fonti arabe, è frà Ristoro d'Arezzo, l'Humboldt medievale, come è stato chiamato o piuttosto – come noi vorremmo dirlo – il Ruggero Bacone d'Italia. Il suo libro sulla Composizione del Mondo, che aspetta ancora (e speriamo venga da Italiani) uno studio particolare e profondo sulla valutazione, importanza ed origine delle sue notizie astronomiche, cosmologiche, fisiologiche ecc., fu quasi certamente dall'Alighieri conosciuto e studiato: il Torraca ne ha tratto gran partito per la illustrazione cosmografica della Divina Commedia. Or è certo che le fonti scientifiche di frà Ristoro furono in prevalenza arabiche; ed egli le nomina partitamente, come quelle "delli savi": Jovanni figliuolo d'El Almansore "alla die del re Mannone" (cioè Jahya ibn abi Mansúr al Mausili, sotto il califfo al Mamún), Zale aliter Algazel (alGhazâli, o piuttosto alZarkali?), Averrois "grandissimo e lo maggiore dispositore d'Aristotele", Avicenna, Albumassar (cioè abu Maasciar m. 883 Cr.) "altissimo maestro d'astrologia", finalmente Alfragano, da cui riporta un intero e lungo tratto che descrive o passa in sommaria rassegna i sette climi della terra abitata. È un passo interessante, perchè ci mostra in estratto quali conoscenze geografiche del mondo avessero i dotti e conterranei di Dante al tempo di Dante, e come le ripetessero direttamente dalla scienza araba.

In complesso però, in misura maggiore che da sicure o probabili fonti contemporanee, scritte od orali, l'erudizione geografica orientale del tempo di Dante e di Dante stesso riportavasi alla letteratura antica grecoromana, cioè latina o classica, attinta direttamente ai testi originali o rimaneggiata e condensata nelle grandi enciclopedie medievali. L'uso e gusto di esse era dall'Occidente passato nell'Oriente arabopersiano, e di là tornato tra noi dopo il mille, e la loro diffusione e funzione didattica non mi sembrano ancora esser state sufficentemente messe in luce fra noi . In generale possiam dire che la somma delle cognizioni geografiche dell'Alighieri sull'Oriente può ancora esser rappresentata a un dipresso dall'Orbis terrarum dei Mss. di Tolomeo e di Strabone, che si trova per solito riprodotta nei nostri Atlanti storici o nelle opere di storia della geografia.

*

*  *

19

I soli due punti principali essenzialmente nuovi nella cultura geografica medievale sono quelli relativi al sito del Paradiso terrestre ed in parte alla topografia del mondo sotterraneo (Inferno e Purgatorio); punti considerati allora come vere questioni geografiche, seriamente discussi ed illustrati, anzi cartografati, non solo da moralisti e teologi, ma anche da geografi e cosmografi. Essi costituiscono nel concetto dell'età di mezzo altrettanti capitoli di geografia descrittiva, giacchè della loro reale e continuata esistenza si dubitava presso a poco come di quella dell'India o della Britannia, o d'altro paese assai raramente visitato. Il celebre e misterioso Mandeville, pochi anni dopo la morte di Dante, si proponeva di visitare il sito del Terrestre Paradiso, e ne dava una minuta descrizione nei suoi viaggi romanzeschi, sulla fede "d'una saggia persona"; quasi come Sallám alTargiumán nella letteratura geografica musulmana allestisce e compie la sua spedizione esploratoria alla favolosa contrada di Og e Magog, presentandone poi la relazione (conservataci dai geografi e storici, quali ibn Khordadbeh, Masuudi, Edrisi, Yaqut) al califfo alWathiq verso la metà del secolo IX.

Quanto al sito o posizione geografica del Paradiso edenico nella credenza medievale, è noto che la sua esistenza reale universalmente ammessa affaticò le menti e accese le fantasie alla ricerca della sua collocazione. Per effetto della menzione biblica del Tigri e dell'Eufrate in connessione col Giardino dell'Eden, era diffusa la credenza che il Paradiso terrestre fosse naturalmente in Oriente, nell'estremo Oriente, in India, come dice Brunetto Latini, copiando la sua descrizione da Isidoro, e facendo del Paradiso e del Gange (identificato col fiume Phison, come il Nilo col Gion) l'estremo limite orientale dell'Asia. Questa opinione, prevalsa fra gli scrittori sacri ed anche tra i geografi ed i cosmografi, mosse questi ultimi (incominciando dall'Indicopleuste) a tracciare il sito orientale in carte e mappe molteplici, collocandolo in un'isola di là dall'India o nell'antictone, cioè nella terra od emisfero australe o antipodico. E da che negli ultimi secoli del medioevo sempre più acquistò fede la credenza che il Paradiso deliciano fosse in un'isola, tra le isole orientali la preferita (per incrocio di riflessi classici con leggende indopersianemusulmane) fu Seilan, la Serendíb degli arabi, la Tabropane dei greci e dei latini.

Di contro alla tradizione antichissima, sacra ed universale, che collocava il Paradiso terrestre in Oriente, una tradizione diversa si leva, a mano a mano che le più occidentali genti latine s'avviano a diventare civili nell'Occidente: dove relegavasi di solito il termine e quasi il tramonto della vita sulla superficie della terra, si cercò anche il paese della prima origine; onde, sovrapponendosi i miti pagani e cristiani alle tradizioni celtiche e galliche, e combinandosi il Regno di Saturno con i Campi Elisi e con gli Orti delle Esperidi, insieme con vaghe memorie di remote Atlantidi, sprofondate in seno all'oceano, e con più distinti ricordi di continenti intravisti in climi tropicali, nacquero nuovi miti: il Paese dei vivi, la Terra e fontana di gioventù, l'Isole fortunate, che dove più dove meno si confusero e identificarono con un Paradiso terrestre in Occidente.

Utilizzando e armonizzando poeticamente queste diverse credenze e leggende, orientali e occidentali, Dante nell'ideare il suo Purgatorio con in cima il Terrestre Paradiso conciliò l'opinione di quelli che ponevano il Paradiso nell'antictone, con quella di chi lo collocava in un'isola; la credenza di coloro che lo facevano inaccessibile per immenso mare interposto, con l'altra di chi lo immaginava come un monte altissimo; egli fuse il concetto dell'Eden adagiato nel più ameno sito della terra con quello della vetta imperturbabile che spinge il capo nell'aere fino alla zona del fuoco, tanto da sentire il moto della sfera lunare. Si piegò di buon grado verso le opinioni ortodosse che collegavano il luogo felice della terra con la città celeste; umanisticamente indulse alle altre, per amore dei suoi classici, che avevan cantato gli Elisi, le isole dove soggiornano i morti eroi, le terre dove son uomini continuamente sereni:

sdoppiando l'Elisio classico e virgiliano nel Nobile Castello del Limbo e nella Valletta abitata dai principi dell'Antipurgatorio.

In semplici e sommarie parole (conchiudo con G. Salvadori) Dante nella sua costruzione edenica o geografica del Paradiso di delizie, congiunse la tradizione poetica dei popoli di nostra stirpe, Elleni e Italici, con la tradizione biblica o mosaica; le memorie raccolte da Virgilio e da Orazio, echi d'Eschilo e di Esiodo, con quelle d'Israele e dell'Oriente indoiranico, riuscendo anche qui poeta veramente universale.

*

*  *

Ma abbandonando la geografia per dir così mitica, veniamo a precisare, dalle opere dantesche, quali siano le cognizioni geografiche particolari relative all'Oriente, che l'Alighieri espone e distribuisce fra i sette climi o zone della superficie terrestre abitata, nell'emisfero boreale, il solo allora noto: divisione che Dante stesso apprese da Alfragano e che certo seguì nel menzionare (Mon. I, XIV, 4344, 4748) "Scythas extra septimum clima viventes" e "Garamantes sub aequinoctiali habitantes", "nel primo climate" (Conv. III, V, 119; Par. XXVII, 81). Com'è naturale, la parte a lui più nota, per quelle fonti su indicate, è il clima mediterraneo:

la maggior valle in che l'acqua si spanda,

fuor di quel mar che la terra inghirlanda,

tra i discordanti liti... (Pur. IX, 82, 8485),

tra i punti estremi da Morocco (Inf. XXVI, 104) o "dal varco folle di Ulisse, di là da Gade" o dalla "foce stretta – Dov'Ercole segnò li suoi riguardi" (Inf. XXVI, 107) sino alla Fenicia: "il lito, – Nel qual si fece Europa dolce carco" (Par XXVII, 8384). Dove si vede la nomenclatura ed onomastica geografica dantesca serbar l'impronta della diversa e talvolta contaminata derivazione, da fonte ora classicamitologica ed ora recente od araboberbera.

Questa parte della terra abitata costituiva (Dante lo precisa più volte e nella D. C. e nelle altre sue opere: cfr. Terra et Aqua, XIX, 4061) un quarto della sfera celeste o 90 gradi, mentre altrettanti se ne contavano fra il punto estremo orientale di essa e l'India o foce del Gange, rappresentando Gerusalemme, come già dicemmo, il primo meridiano o, come dicevano gli antichi, l'ombelico, cioè la posizione centrale della terra: concetto e rappresentazione primitiva, originata o avvalorata tra i cristiani dall'espressioni bibliche "in medio gentium" (Ezech. V, 5), "in medio terrae" (Salmo LXXIII, 12), ma comuni alle concezioni geografiche anche di altre genti sia iraniche sia particolarmente semitiche .

*

*  *

Concludendo e precisando, enumereremo qui con le loro riferenze i nomi di luogo relativi all'Oriente, cioè all'Africa mediterranea, al Mediterraneo orientale ed all'Asia anteriore, che Dante ha avuto occasione di menzionare nelle sue opere; non senza aver prima avvertito che la nomenclatura geograficostorica di Dante, specialmente nella designazione dei popoli mediante etnici o appellativi geografici, ha spesso dell'impreciso e dell'anacronistico, nè sempre per libertà poetica sia di parlar

21

figurato sia di rima, ma per quella ingenua mistione e alterna trasposizione di antico e di moderno, che in tutta la letteratura e specialmente nell'arte medievale era frequentissima. Così, ad esempio, sono da lui chiamati "Arábi" (Par. VI, 49) i Cartaginesi ed Africani

che diretro ad Annibale passaro

l'alpestre rocce.

Movendo da occidente verso oriente, indichiamo innanzi tutto le regioni, regni o continenti, i quali sono nominati o direttamente o con perifrasi indubbiamente identificanti: in quest'ultimo caso, i nomi sono chiusi in parentesi quadre.

AFFRICA (Conv. III, III, 65; IV, V, 171; Mon. II, IIIV passim; Purg. XXVI, 44  XXX, 89; ecc.),

MAROCCO o Morrocco, limite occidentale del mondo abitato (Inf. XXVI, 104; Purg. IV, 139); l'antica Mauritania, più nota col termine berbero, Marràchesc, invalso nell'età di mezzo e perpetuatosi fino a noi;

[NUMIDIA o] terra di Jarba (Purg. XXXI, 72),

LIBIA (Ecl. II, 23; Inf. XXIV, 85; Mon. II, IV, 36),

ASIA (Epist. X, 7; Inf. V, 60; XXIV, 90; XXVII, 90; Mon. II, IIIIX passim; Vulg. Eloq. I, 8; ecc.),

EGITTO, considerato – già secondo Orosio e B. Latini – come appartenente all'Asia (Conv. II, I, 59; Epist. X, VI, 143; Mon. II, IX, 65; Purg. II, 46),

ETIOPIA (Canz. XV, 14; Inf. XXIV, 89; Par. XIX, 109; Purg. XXVI, 21),

ARABIA (Purg. VI, 49; Inf. XXIV, 90: "ciò che sopra il Mar Rosso èe"; Vita Nuova XXX, 2, dove determina e indica il giorno della morte di Beatrice "secondo l'usanza d'Arabia", derivando il calcolo probabilmente da Alfragano),

PALESTINA o Terra Santa (Par. IX, 125, ecc.), con le sue principali regioni:

GIUDEA (Conv. II, I, 60; Epist. X, VII, 144),

Galilea (Conv. IV, XXII, 1578, 1867), del cui nome l'Alighieri conosce la pretesa etimologia greca (non la ebraica) appresa da Isidoro o dai suoi utilizzatori, il Bellovacense o Uguccione (Liber Ugutionis de Derivationibus Verborum: Conv. IV, VI, 40) ecc.;

[FENICIA] (Par. XXVII, 8384),

FRIGIA (Mon. II, III, 63),

ASSIRIA (Mon. II, IX, 23; Purg. XII, 59),

PERSIA (Purg. XXVI, 21),

INDIA (Inf. XIV, 32; Par. XIX, 6970 ecc.).

Nel medesimo ordine seguono i nomi di città e luoghi abitati, a cominciar dalla costa africana mediterranea:

BUGEA (Par. IX, 92), UTICA (Purg. I, 74),

CARTAGINE (CONV. IV, V, 1249; Epist. VIII, X, 169),

ZAMA (Conv. IV, IV, 1701; Inf. XXXI, 115; Mon. II, XI, 5961),

DAMIATA (Inf. XV, 104);

poi nel Mediterraneo orientale:

CIPRI (Inf. XXVIII, 82), NICOSIA e FAMAGOSTA (Par. XIX, 146);

in Terra Santa: GERUSALEMME: (anche nominata quale Civitas Dei, Sion ecc. passim), BETLEMME (Purg. XX, 23), [EMMAUS] (Purg. XXI, 79),

[GERICO] (Par. IX, 124 "la prima gloria di Josuè"),

SODDOMA e GOMORRA (Inf. XI, 50; Purg. XXVI, 40, 79),

GIOSAFFAT (Inf. X, II), ACRI (Inf. XXVII, 89), il LIBANO (Purg. XXX, II).

Nel resto dell'Asia anteriore: IDA in Frigia (Purg. XI, 22: "là dove foro – Abbandonati i suoi da Ganimede"), TROIA o ILION (Purg. Passim: Iliaca urbs, Pergamo),

BABILONIA (Inf. V, 60 "la terra che il Soldán corregge"; Par. XXIII, 135; Mon. II, IX, 435; Epist. VII, I, 8: con probabile confusione, già anteriore a Dante, fra le due o tre città aventi detto nome in Egitto, in Mesopotamia, ecc.);

più a settentrione ABIDO e SESTO (Purg. XXVIII, 74).

Dei mari, fiumi e corsi d'acqua troviamo menzionati:

il MAR ROSSO o Lito Rubro (Inf. XXIV, 90; Par. VI, 79; XXII, 95; Purg. XVIII, 134), la PALUDE MEOTIDE (Vulg. El. I, VIII 26), l'ELLESPONTO (Purg. XXVIII, 21; Mon. II, IX, 5258); il NILO (Inf XXXIV, 45; Purg. XXIV, 64; Par. VI, 61; Canz. XX, 46); il GIORDANO (Purg. XVIII, 135; Par. XXII, 94); il CAISTRO (Ecl. II, 18), il PATTOLO (Ecl. II, 53); EUFRATES e TIGRI (Purg. XXXIII, 112), l'INDO (Par. XIX, 71), il GANGE (Purg. II, 5; XXVII, 4; Par. XI, 51; Aq. et Terra XIX, 403).

Con la quale enumerazione siamo ben lontani dal ritenere ch'essa rappresenti la somma o indice completo delle cognizioni geografiche di Dante intorno ai paesi orientali; come certo le parole da lui adoprate nelle sue opere non ci danno tutto il patrimonio lessicale di cui egli era in possesso, ma soltanto quella parte che ebbe occasione e volontà di usarvi. Si può tuttavia ritenere, com'era da supporre a priori, che la geografia orientale di Dante si limitasse ai paesi circummediterranei, abbracciando i luoghi, e particolarmente gli scali, per ragioni letterarie o storiche più noti o più importanti .

## III

## LA STORIA ORIENTALE DI DANTE

Assai men facile è il determinare, anche solo approssimativamente, sino a che punto si estendessero, e quale preciso contenuto abbracciassero le cognizioni dantesche intorno alla storia dei popoli orientali antichi, e di quelli a lui più vicini o contemporanei. Com'è naturale, non facciam distinzione qui tra storia e leggenda, limitandoci a ricercare donde derivino le informazioni di Dante e quale portata abbiano. Senza fermarci sulle fonti generali o indirette, quali le enciclopedie di cui più sopra toccammo (e tra queste vanno rammentati in particolare: il Tesoro del Latini, gli scritti d'Isidoro Ispalense, e simili), distinguiamo le fonti dirette o particolari in: a) antiche e b) contemporanee; e quelle in a1) classiche e a2) bibliche o scritturali.

È noto quale largo e assiduo studio l'Alighieri fece, sin dalla prima giovinezza, della letteratura latina, che era il fondamento e l'elemento essenziale della cultura superiore al suo tempo; e come innanzi tutto la poesia di Roma, non solo l'epica, ma anche la lirica e la didascalica, rispondesse con tante voci canore non pure alle aspirazioni estetiche ed alla fantasia creatrice del suo spirito, ma anche all'ardente brama di sapere realistico e storico, nonchè alle idee politiche, in cui la sua mente s'esaltava, relative all'imperio mondiale ed ai provvidenziali disegni di egemonia romana (Mon. II, IX). Virgilio, Lucano (citato intorno a Serse e il suo passaggio dell'Ellesponto), Stazio; Ovidio nelle Metamorfosi (su Nino e Semiramide); i quattro "regulati poetae", "quos amica solitudo nos visitare invitat" (Vulg. Eloq. II, IV. 7985), offrono a Dante materiali oltrechè di elaborazione e imitazione poetica, anche di ragguaglio geografico e storico orientale. Più copiosi e diretti informatori gli sono naturalmente i prosatori e gli storici, i raccoglitori di sentenze e fatti memorabili: Livio (intorno ad Annibale ed Alessandro), Plinio e Frontino, forse Giustino e Valerio Massimo, ma più frequentemente e specialmente Orosio (Par. X, 118120 – intorno a Nino e Semiramide, Ciro e Tamiri, Sardanapalo, Vesoges rex Aegypti, Alessandro, Annibale, Giugurta, ecc.): quello stesso Orosio spagnuolo, le cui Historiae adversus paganos furon mandate in dono dall'imperatore greco al Califfo ommiade di Cordova, come racconta lo storico ibn abi Usáibia, e probabilmente tradotte in arabo, verso il mille .

Quanto alle fonti bibliche esse furono, com'è ovvio pensare, più che mai predilette e famigliari a Dante, "diurna atque nocturna manu versatae", sin dall'adolescenza, il continuo e vital nutrimento del suo spirito, che da esse potè (come in ogni tempo tutti i grandi che le conobbero) apprendere la nobiltà, profondità e bellezza dell'idea religiosa, l'anelito alle cose celesti ed eterne, ad "invisibilia per quae visibilia cognoscuntur"; la cui assidua contemplazione e meditazione ("speculari ubique sub coelo": Epist. IV, 4849) gli addolcì le amarezze nostalgiche del lungo esiglio. Qual parte i 24 libri del Vecchio e Nuovo Testamento (enumerati da San Gerolamo nel Prologus Galeatus) avessero nella cultura intellettuale e spirituale dell'Alighieri, può essere graficamente dimostrato dalla figurazione dei 24 seniori nella mistica processione che accompagna la comparsa di Beatrice entro la selva del Terrestre Paradiso (Purg. XXIX, 8384).

Le Sacre Scritture iniziarono Dante alla conoscenza del pensiero e dell'anima orientali, in quanto l'Oriente semitico ed ebraico ha di più profondamente umano e divino. Esse furono la più diretta e autorevole fonte d'informazione storica sulle vicende delle genti asiatiche antiche che ebbero rapporto con Israele: Assiri, Babilonesi, Egizi; da esse derivò quanto Dante seppe di Nabuccodonosor (Par. IV, 14; Epist. X, XXVIII, 560), di Sennacheríb (Purg. XII, 5254), e di Nembrotto (Inf. XXXI, 77;

Purg. XII, 34; Par. XXVI, 126; Vulg. El. I, VII, 26), la cui natura di gigante e la sua partecipazione alla costruzione della Torre di Babele non sono già nel Genesi, ma Dante le trovò nella tradizione patristica in Agostino o in Orosio, seguíti già anche qui da Isidoro e da B. Latini. Fra i testi sacri del Vecchio Testamento, Dante utilizza innanzi tutto i Libri storici, citando espressamente, talvolta parafrasando e talvolta traducendo, naturalmente dalla Vulgata:

il Genesi (Inf. XI, 107; Purg. XIV, 133; Par. XXVII, 6770; Conv. IV, XII, 143144; Vulg. El. I, IV, 9, 1318; Mon. I, VIII, 1011; III, IV, II; V, 810);

l'Esodo (Par. XXVI, 42; XXXII, 1312; Mon. I, XIV, 6873; II, IV, 1114; VIII, 5759; XIII, 3637);

il Levitico (Mon. II, VIII, 3742; III, XIII, 6676);

il Deuterononio (Mon. I, VIII, 234; XIV, 1573; Epist, VI, I);

i Numeri (Purg. XVI, 1312; XVIII, 1335; Mon. III, XIV, 335; Vulg. El. I, II, 45; Epist. VIII, VIII, 12930);

Giosuè (Purg. XX, 10911; Par. IX, 116125; Epist. VII, II, 28);

i quattro Libri dei Re (compresivi il I e il II di Samuele: Conv. IV, XXVII, 603; Mon. III, VI, 45; Epist. VII, V, 10012; Par. XIII, 93), ecc.

Com'è naturale, in questa cultura storica biblica dell'Alighieri, parte predominante aveva la storia d'Israele, intesa già come preannunzio e simbolo, quasi come sommario preliminare di tutta la storia umana, quale capitolo introduttivo o prologo del dramma divino ed umano che è la Redenzione. Era la storia del popolo eletto, la storia sacra per eccellenza, patrimonio intellettuale e vitale del genere umano anzichè d'un solo piccolo popolo d'Oriente: come tale essa campeggia e si svolge in tutta la Commedia, accolta ed alternata con la storia d'Occidente o dell'Imperio, spesso mescolata a questa con bonario sincretismo, in reminiscenze molteplici, in quadri plastici e drammatici quasi parlanti, in figurazioni allegoriche, in rievocazioni dirette, da Adamo ai Maccabei.

Quanto alla storia evangelica, la vita del Cristo, gli Atti e la predicazione epistolare degli Apostoli, essa aveva di pieno diritto acquistato completa cittadinanza nella cultura occidentale: era storia cristiana, non più orientale, e come tale appresa si potrebbe dir col battesimo in tutto l'Occidente. – Quasi campata in aria fra i due mondi, rivestita di simboli e di folgori, profezia e storia, visione e dramma, restava l'Apocalisse, a cui le letterature religiose d'Occidente e d'Oriente dovevano attingere a piene mani particolarmente nelle loro escatologie, e Dante, che ne fu studiosissimo, trarne elementi molteplici di poesia e di figurazione allegorica meravigliosa alla sua Visione.

*

* *

Ma se con le Sacre Scritture del Vecchio e del Nuovo Patto le nozioni storiche di Dante si estendono dall'Oriente classico a quello più particolarmente biblico dell'Asia anteriore e dell'Africa settentrionale, su cui si svolse poi l'azione del Cristianesimo apostolico e patristico, una vasta lacuna di quasi un millennio s'apre dipoi nella cultura dantesca e occidentale rispetto all'Oriente, per quel periodo che va dagli ultimi secoli dell'Impero sino all'età delle Crociate. L'ultimo capitolo di storia orientale avanti il mille, o in certo modo connessa con l'Oriente, che Dante conobbe e celebrò, fu quello che si chiude con lo splendore imperiale di Giustiniano, e che è riassunto nella grandiosa, veramente epica, allocuzione sovrana del canto VI del Paradiso:

Poscia che Costantin l'aquila volse

Contra 'l corso del ciel, ch'ella seguio

dietro all'antico, che Lavinia tolse....

Dopo d'allora una fitta nebbia avvolge le cose d'Oriente agli occhi grami dell'Europa, la cui visione degli eventi mondiali s'offusca sempre più e dilegua nel turbine delle trasmigrazioni barbariche, le quali inondano e frantumano le disiecta membra dell'impero d'Occidente; mentre il Cristianesimo attende a ricomporre con lenta e paziente opera di secoli l'unità, non più politica, ma religiosa e quasi direi giuridica, del vecchio mondo. Qualche rara e sfigurata notizia arriva di tanto in tanto all'Europa occidentale, di quel che nel frattempo accade in Oriente. Dalla fosca lontananza, resasi sempre maggiore per la quasi completa ignoranza della lingua greca in Occidente nei secoli dell'alto medioevo, balenò una folgore che scisse per sempre l'unità con tanta fatica già ricomposta: spuntò un drago che ruppe con "la coda maligna" il ben connesso carro simbolico della Santa Chiesa cristiana (Purg. XXXII, 130135): Maometto, l'eresia musulmana. Il sorgere e il rapido dilagare dell'Islám nel mondo, non solo in Oriente, ma perfino in Occidente e sino al centro stesso della Cristianità apparve all'immaginazione medievale d'Europa quale opera inesplicabile, affatto diabolica; e presto si circondò di leggende e di grottesche invenzioni, ispirate dallo stupore, dall'orrore, dall'odio, dalla paura, dall'ignoranza.

La Memoria del D'Ancona sulla Leggenda di Maometto in Occidente è quanto mai significativa a questo riguardo: bandito, ciurmatore, monaco sfratato e persino excardinale di S. R. Chiesa: che cosa non fu Maometto per i volghi e anche per i dotti occidentali durante quasi tutto il medioevo?

Senza accogliere le leggende correnti al suo tempo sul fondatore e i primordi dell'Islám, l'Alighieri introduce tra i fraudolenti della bolgia nona o dei seminatori di scandalo e di scismi, Maometto ed Alì, tratteggiandoli in modo caratteristico, alquanto diverso dalle abituali raffigurazioni dei contemporanei. In questa rappresentazione dantesca, un arabista spagnuolo, dei cui studi dovremo tra breve intrattenerci, Michele Asin, ha creduto di recente poter scorgere una prova d'erudizione islamica, cioè della conoscenza specifica e niente affatto superficiale, che l'Alighieri avrebbe avuta, intorno al predicatore dell'Islám ed al suo primo seguace e fautore. Mette conto di fermarsi brevemente a discutere l'argomento, almeno dal lato esteriore o puramente storico e plastico, rimettendo a più tardi l'esame del problema psicologico e letterario del Maometto dantesco.

*

* *

Secondo l'Asin, Dante avrebbe condannato Maometto in Malebolge non come fondatore di una religione positiva o eresia nuova, non come negatore della Trinità e della Incarnazione, ma semplicemente quale seminatore di scandalo e di scisma (allato ed alla pari di altri fautori d'insignificanti scissioni religiose o civili, quali Pier da Medicina, Mosca dei Lamberti, Bertram dal Bornio, ecc.), come un conquistatore insomma che ruppe con la violenza delle armi i vincoli di fraternità cristiana fra gli uomini. Non che Dante ignori, arguisce l'Asin, i vari lineamenti della vera effige di Maometto, autore d'una profonda rivoluzione religiosa, sociale e politica, origine di enormi danni alla Chiesa ed alla Cristianità; ma egli si sarebbe limitato a una sobria e "piuttosto indulgente" rappresentazione del castigo, per contrastare tacitamente all'assurda e favolosa immagine diffusa tra i suoi contemporanei dalla credulità e dall'ignoranza; e sopratutto avrebbe ciò fatto Dante per "simpatia verso la cultura islamica". È questa in sentenza la tesi fondamentale dell'Asin, che più avanti esporremo tutta quanta, e brevemente discuteremo.

Una prova "incontestabile", che questa sobrietà e silenzio nel ritratto dantesco di Maometto non sia già effetto d'ignoranza storica, l'Asin addita nel fatto di avergli associato nella pena il genero e fido Alì (ritenuto dalla tradizione musulmana autore o causa del vero scisma eretico, che fu lo Sciismo, rispetto al Sunnismo od ortodossia dell'Islám), e sopratutto nel particolare d'avere rappresentato Alì "con tratti letteralmenti storici": fesso nel volto dal mento al ciuffetto; proprio come i cronisti arabi ci narrano perisse il quarto Califfo, assassinato a Cufa da un fanatico charigita, con un colpo di spada che gli fendette la fronte penetrando sino al cervello e inondandogli di sangue la barba. Ora, osserva l'Asin, nessuno degli storici cristiani del secolo di Dante, tranne San Pietro Pascasio, menziona Alì nella biografia di Maometto: nessuno ne conosce i particolari della morte.

Non si può negare che l'argomentazione, a prima giunta, ci lascia perplessi specialmente nell'ultima parte. Ma osserviamo e distinguiamo. Il Maometto dantesco è collocato nel nono recinto o fossa dei fraudolenti, perchè appunto è considerato – quale sotto un certo aspetto realmente, sebbene inconsapevolmente, fu – maligno seminatore di discordie religiose nel mondo; e la gravezza e la enormità della sua colpa risultano non solo dall'apparir egli l'antesignano e quasi il rappresentante della bolgia stessa, ma anche dall'ampiezza e profondità del suo squarcio sanguinante e della sua pena, in proporzione ai compagni di peccato e di supplizio: egli è infatti rotto lungo tutta la persona, dal mento in giù, colle budella penzolanti tra le gambe, mentre Alì, reo solo di aver causato lo scisma tra i musulmani (una specie di sottoscisma o divisione secondaria), ha la faccia spaccata dall'alto in basso; e le altre amputazioni e mutilazioni degli altri dannati nella medesima bolgia sono più o meno parziali, a seconda della gravità, sempre minore rispetto a quella di Maometto, delle discordie civili e religiose di cui furono suscitatori o fautori. Se Dante, che certamente conobbe e, forse per lucida intuizione, non accolse tutta, anzi attenuò la grottesca e carnascialesca figurazione di Maometto corrente tra i suoi contemporanei, d'altra parte non aggrava la mano (nè saprei come avrebbe potuto) nella pena di lui già per sè così profonda e tormentosa, nè, collocandolo ad es. tra gli eresiarchi, accenna alla maggior colpa d'aver Maometto negato l'Incarnazione e la Trinità (particolare quest'ultimo non nuovo nella storia dell'eresie cristiane, ma già professato ad es. da Ario e da Sabellio – "che furon come spade alle scritture" – Par. XIII, 126128): ciò può tuttavia spiegarsi ed attribuirsi a varie cause, per esempio all'opinione dantesca che – nelle sue conseguenze sociali – lo scisma sia peggiore dell'eresia, od anche – come parmi più probabile – a semplice ignoranza nel poeta. Il quale, forse, un'altra sola volta in tutta la sua opera nominerebbe Maometto, nella chiusa della Canzone "O patria degna di trionfal fama" (se a Dante sia ancora da attribuire), dove afferma Fiorenza divorata, fra tante altre sciagure, dalla divisione religiosa o scisma, personificando questo in "Machometto cieco" (Canz. XVIII, 72).

Del pari con semplice fortuito incontro parmi si possa spiegare il particolare del taglio o spacco sul viso di Alì, corrispondente, ma solo sino a un certo punto, allo storico fendente con cui ibn Múlgiam assassinò il genero del Profeta. Dante potè trovarne ragguaglio negli scritti di Pier Pascasio, o più verosimilmente in quelli di Ricoldo o di altri che non conosciamo, ovvero anche apprenderli dalla viva voce di chi, missionario o mercante, avesse qualche pratica con i paesi soggetti all'Islám: tanto esse sono nozioni semplici e facili a comunicarsi e diffondersi, particolarmente nel periodo delle Crociate o subito dopo. Quanto al nome ed alla persona di Alì, ai suoi rapporti con Maometto ed alla sua iniziativa o responsabilità nelle origini dello scisma islamico, senza arzigogolare, si può aggiungere che forse, il diavolo accismatore o conciatore e loico, dalla spada così precisa sicura e starei per dire intelligente nella sua opera vendicatrice, come un abile macellaio o un elegante chirurgo, abbia voluto completare sul viso di Alì lo spacco principale praticato in Maometto, riprendendolo proprio al punto iniziale, "dal mento",

("rotto dal mento infin dove si trulla"

"fesso nel volto dal mento al ciuffetto"),

e portandolo con gesto o direzione inversa di taglio sino all'alto della fronte, tanto da operare la dissezione o dilaccamento completo della persona, simbolo della intera separazione o scissione della comunità islamica dal corpo della Cristianità, dovuta a quei due corifei del Sunnismo o dello Sciismo.

Ma, rimettendo a più oltre di completar l'esame del Maometto dantesco rispetto al Maometto storico, veniamo alle Crociate o piuttosto a quanto di esse si ritrova nella D. C.

*

* *

La storia due volte secolare di queste grandi imprese guerresche, che produssero sí largo e profondo rimescolio di genti e spostamento durevole dell'Europa verso l'Asia, squarciando con il cozzo delle armi e il conseguente flusso dei traffici quel denso velo o nebbia, onde – come osservammo – s'era avvolto l'Oriente asiatico e musulmano agli occhi dell'Occidente cristiano fin verso il mille; la storia delle Crociate ha lasciato ben poche tracce od echi nelle opere di Dante, in particolare nella D. C.; dove pure, in apposito luogo, nel cielo di Marte, sono accolti entro le liste di un'immensa Croce luminosa gli spiriti beati dei guerrieri che in vita combatterono per la Fede. Non so se sia stato già osservato come questo grandioso avvenimento, la cui importanza religiosa, sociale, economica, culturale va sempre crescendo ai nostri occhi via via che si approfondisce lo studio di esso e dell'età in cui si svolse, i secoli XIXIII, passi nella D. C. quasi inosservato.

Delle sette Crociate, quante di solito se ne enumerano, non troviamo in Dante che brevissimo accenno alle due prime, nel nudo nome del Duca Gottifredi (Par. XVIII, 47) il liberatore del Santo Sepolcro, e nel racconto di un guerriero fiorentino, d'altronde quasi ignoto, che partecipò probabilmente alla seconda Crociata: Cacciaguida, l'avolo del Poeta; il quale narra come al seguito dell'imperator Currado, che lo aveva cinto cavaliere, andò e perì, martire della Fede, "incontro alla nequizia" della Legge musulmana. Comunque s'abbia a risolvere la questione, dibattuta tra i commentatori e gli espositori, se Dante confondesse qui i due Curradi (il secondo, regnante negli anni 11241129, che nella sua prima discesa in Italia, fermatosi a Firenze, armò cavalieri di sua mano più cittadini, e presili al suo servizio "andò in Calavria contro a' Saracini che erano venuti a guastare il paese, e con loro combatteo e con grande spargimento di sangue dei Cristiani li cacciò e conquise", quando Cacciaguida avrebbe contato in circa 35 anni; ovvero il terzo Currado, 11371152, che non venne mai in Italia, ma che condusse con Luigi VII di Francia la disastrosa seconda Crociata, 11471149; allorchè Cacciaguida più che cinquantenne l'avrebbe seguito, accompagnandosi forse a Guido Guerra terzo), mi sembra tuttavia indubbio, dall'accenno stesso di Cacciaguida ai Luoghi Santi, che Dante attribuisca realmente all'avolo suo, a dritto o a torto, la partecipazione alla seconda Crociata, quantunque a riguardo di essa nessuna allusione vediamo nelle frequenti menzioni ed accenni, qua e là ricorrenti nel poema (Par. XXXI, 102139; XXXIII,. 49 ecc.), a San Bernardo, che pur ne fu l'anima e l'ispiratore.

Certo nessuna allusione, nemmeno vaga e lontana, troviamo negli scritti danteschi alle altre Crociate, sebbene nella D. C. l'occasione diretta o indiretta non mancasse, là dove si parla o si fa cenno sia "del buon Barbarossa" (Purg. XVIII, 119; Epist. VIV. 1356), sia di Bonifazio II, il "buono" marchese di Monferrato (Conv. IVXI, 1258), sia di Federico secondo, lo "imperadore" tante volte menzionato, o finalmente si allude a San Luigi re di Francia (Purg. VII, 1279), il pio integro condottiero e martire delle due ultime Crociate.

Si direbbe che Dante, alieno da passioni ed entusiasmi guerreschi, uomo sí di parte e d'ardore civile, ma scevro da ogni fanatismo bellico e specialmente bellicoreligioso, abbia nutrito poco entusiasmo per le Crociate, se fra gli otto spiriti di guerrieri nominati nella risplendente Croce marziale: Giuda Maccabeo, Carlo Magno, Orlando "quello della santa gesta" (Inf. XXXI, 17), Guglielmo d'Orange, Rinoardo Antinel, Roberto il Guiscardo, e i due già ricordati, il Duca Gottifredi e Cacciaguida, – solo questi due ultimi sono tolti al vero ciclo delle Crociate, sebbene tutti, tranne il primo, eroi storici o romanzeschi contro i Saracini: esclusi affatto tuttavia, o taciuti, i nomi di tanti illustri principi e condottieri, anche italiani e famosi per certo anche nel trecento, che avevan partecipato gloriosamente e direttamente a quelle memorabili imprese.

La ragione è forse che alla fine del secolo XIII l'entusiasmo popolare per le Crociate era già sbollito tra i Cristiani anche in Italia, dopo le dure e sanguinose lezioni della realtà, quando con la presa di Acri (Inf. XXVII, 89) l'ultimo baluardo dei Latini in Palestina era caduto in mano ai Saraceni, e l'età delle Crociate poteva dirsi chiusa per sempre, con un risultato politicamente e socialmente quasi nullo per la Cristianità e per l'Europa, moralmente anzi disastroso, o che almeno siffatto potè sembrare ai contemporanei di Dante.

Il quale d'altro canto non esclude da sè e non nasconde l'ammirazione per un principe musulmano, il Saladino, che, pur combattendo accanitamente contro i Cristiani, e strappando loro per sempre Gerusalemme, era noto e riverito in Occidente per il suo valore, clemenza e munificenza. Ispirandosi in ciò all'aureola di cui la novellistica popolare e la leggenda avevano cinto il nome di lui nella cristianità, Dante lo menziona nel Convivio (IV, XI, 126) tra i principi generosi che ognuno "ha nel cuore", e lo colloca nel Limbo (Inf. IV, II, 29) insieme con i grandi eroi di Grecia e di Roma, ma "solo in parte", in una posizione di caratteristico isolamento che, simile a quelle di Sordello e di Arrigo d'Inghilterra (Purg. VII, 131), nella sua vaga e incerta ragion d'essere, ne ingrandisce e ne fa spiccare di più la ben accetta e riverita figura.

In conclusione, sia per poca simpatia di temperamento, sia per sdegno e contrasto alle mire interessate, mondane, commerciali che spesso avevano mosso e spinto quelle sciagurate spedizioni, sfruttando i popolari entusiasmi è talvolta il fanatismo dei volghi d'Europa, a vantaggio di sovrani e di pontefici, i quali avevan finito poi con il disinteressarsene del tutto (per es., "lo principe dei nuovi Farisei"; Inf. XXVII, 85; Par. IX, 137, ecc.) – per queste o per altre ragioni, Dante probabilmente poco ricercò e poco conobbe la storia delle Crociate, cioè la storia orientale degli ultimi due secoli a lui anteriori. Né si può dire gliene facessero difetto i mezzi d'informazione, che non solo in Francia (dove quasi un'intera letteratura storica sulle Crociate era già sorta) ma anche in Italia dovevano anzi abbondare: memorie provinciali e famigliari, conoscenze personali con figli o discendenti dei Crociati, ragguagli scritti, cronache o narrazioni quali erano già composte e ben note al suo tempo, in latino e anche in volgare, in prosa o in rima, corrispondenze e relazioni di viaggiatori, di missionari, di mercanti, ecc.

Ma l'ambiente in mezzo a cui Dante visse, la vita operosa, fattiva, inevitabilmente faziosa ch'egli fu costretto dagli eventi a menare in Firenze e fuori, nelle lunghe peregrinazioni errabonde dell'esiglio, non dovettero lasciargli ozio a studi di semplice interesse storico; mentre lo spettacolo delle cupidigie, dei livori, delle rivalità, degli odi fra città e città, fra partito e partito, fra italiani e italiani

"di quei che un muro ed una fossa serra,"

fra cristiani e cristiani, principi e sudditi; e d'altra parte l'abbandono e l'imbarbarimento dell'Italia, la defezione degl'imperatori e dei pontefici, il decadimento della Chiesa, la degenerazione dei costumi pubblici e privati, gli facevan piuttosto sentire più cocentemente l'inferiorità non solo politica e militare, ma anche morale della Cristianità al confronto degli infedeli. L'impudica sfacciataggine delle donne di Firenze le fa apparire ai suoi occhi più disoneste e svergognate delle donne saracine (Purg. XXIII, 103105); le quali pur, stando alle informazioni dell'Ottimo, sono "cosí date alla lussuria, che dovunque la volontà giunge, quivi per l'Alchorano di Maometto si dee soddisfare". Onde, facendo eco all'angosciosa interrogazione rivolta a Dio:

"son li giusti occhi tuoi rivolti altrove? –

Dante scrive sconsolatamente ai Cardinali italici: "Impietatis fautores, Judaei, Saraceni, et gentes sabbata nostra rident, et, ut fertur, conclamant: Ubi est Deus eorum?" (Epist. VIII, XIV, 3336). E nella epistola ai potentati d'Italia: "Laetare iam, nunc miseranda Italia, etiam Saracenis...." (Epist. IV, II, 2324). –

*

*  *

Che cosa egli sapesse in realtà delle vicende e delle condizioni dei Saraceni del tempo suo, cioè dei musulmani d'Africa, d'Egitto e di Siria, non abbiamo elementi per precisare; ma, crediamo, ben poco o quasi nulla.

Assicuratisi della impotenza dei Franchi, o Cristiani d'Occidente, e domate le loro velleità di riconquista e colonizzazione dei Luoghi Santi, i principi musulmani, dipendenti in un sistema quasi feudale dalla sovranità del Soldano, o sultano ayyubita imperante in Egitto e in Siria, attendevano a farsi la guerra tra loro, a vivere nello splendore di pompe, di studi, di poesia delle loro piccole corti, a guerreggiare con più o meno ardore contro il nemico comune, e assai più terribile dei Crociati, i Tartari invasori che avevano innondato l'Asia anteriore e minacciavano di travolgere tutta la civiltà araba e l'Islám.

Di tutto questo mondo in ebollizione Dante non sa, non mostra di saper nulla, quantunque notizie molteplici e osservazioni personali su di esso fossero largamente diffuse nel trecento: particolarmente il Liber Tartarorum o Historia Mongalorum quos nunc Tartaros appellamus del francescano Giovanni di Pian del Carpine, utilizzato da Giov. di Beauvais nello Speculum historiale, e probabilmente da G. Villani (VI, 37); il celebre Milione di M. Polo, frequentemente citato da R. Bacone nell'Opus majus, nonchè dal medesimo Villani; e il su menzionato Itinerarium di Frà Ricoldo. Di questa letteratura che l'Alighieri potè avere, diremo, sottomano, nessuna traccia affiora nelle sue opere; se, come io penso, l'adombramento del gran Cane dei Tartari nell'enimmatico Veltro è tutto un sogno di moderni espositori in caccia d'ipotesi peregrine. Tutto ciò che Dante sa o mostra di sapere intorno ai Tartari ed ai Turchi, è ch'essi erano al suo tempo abilissimi tessitori di drappi a vari disegni e colori, e che al pari dei Giudei e dei Saracini, avevan fede nell'immortalità dell'anima (Conv. II, IX, 7071). Ma ciò, più che alla storia propriamente detta, si riferisce alla civiltà ed al pensiero orientale, di cui passiamo a dire.

In complesso, le informazioni che Dante potè avere intorno alla storia dei popoli orientali sono tutte tratte direttamente dalla letteratura classica, o in particolare dalla letteratura biblica e patristica; le cronache latine medievali poco vennero nelle sue mani, o poco gli lasciarono nella memoria e nella fantasia; scarse comunicazioni verbali o scritte giunsero a lui sulle vicende dell'Oriente più vicino o contemporaneo: nessuna, per quel che sappiamo o possiamo arguire, di origine o provenienza direttamente orientale.

## IV

## IL PENSIERO ORIENTALE IN DANTE

Venendo ora a questo punto principale del nostro argomento, ne divideremo la trattazione in tre parti, in rapporto: a) al pensiero teologico, filosofico e scientifico; b) a quello immaginativo, poetico e letterario; e da ultimo c) al pensiero artistico figurativo, o all'arte orientale propriamente detta. E per distinguere nettamente ciò che è più sicuro e specifico, da quanto appare meno noto o più discusso, toccheremo prima brevemente della Bibbia di Dante, e poi del pensiero orientale a lui, per tempo e per luogo, più vicino, cioè della letteratura arabomussulmana, la sola che sicuramente o con una certa verosimiglianza, venne o potè pervenire, direttamente o indirettamente, nelle sue mani: la sola attraverso la quale potè giungere a lui qualche elemento o frammento di cultura orientale propria degli altri popoli d'Oriente più lontani, estranei o posteriori al mondo biblico. Letteratura ebraica dunque, e letteratura araba. Ma prima ci conviene toccare delle conoscenze linguistiche dell'Alighieri in relazione a queste due letterature: se egli potesse cioè, in qualche modo e misura, accedervi e attingervi direttamente.

*

* *

La cultura linguistica di Dante si può ricostruire con sicurezza dalle sue opere, in particolare dal De vulgari eloquentia. Egli conosceva e possedeva, in più o meno larga misura, oltre al latino ed al volgare italico, il francese o "delectabilis" lingua d'oil, e il provenzale o lingua d'oc: le parlate cioè degli "Hispani, Franci et Latini" (Vulg. Eloq. I, VIII, 4244): "dico Hispanos qui poetati sunt in vulgari oc" (V. E., II, XII, 2021). Donde è chiaro ch'egli comprendeva nella Provenza, o piuttosto riteneva parlassero provenzale, o almeno scrivessero (giacchè qui si tratta sopra tutto di idiomi letterari) anche gli Spagnuoli; delle cui lingue o idiomi particolari (aragonese, galiziano, portoghese ecc.) l'Alighieri evidentemente non ebbe veruna sicura notizia letteraria, mentre pure i rapporti politici, commerciali, culturali dell'Italia con la Spagna, col Portogallo e la Catalogna erano, già vedemmo, molto frequenti, e vari trovatori italiani facevan soggiorno in quelle corti e poetavano in quelle lingue.

Le tre lingue del sí, d'oil e d'oc costituiscano per Dante gl'idiomi letterari dell'Europa meridionale, mentre la lingua di jò abbracciava i vari parlari dell'Europa centrale e settentrionale "per Sclavones, Ungaros, Teutonicos, Saxones, Anglicos et alias nationes quamplures per diversa vulgaria derivatum" (Vulg. El. I, VIII, 2935). Nell'Europa orientale e nell'Asia si usava il Greco; della qual lingua è innegabile che Dante avesse qualche elementare conoscenza lessicale ed anche alfabetica o grafica (Mon. I, XIV, 38). Tutti codesti idiomi eran, per lui, derivati dalla confusione babelica delle lingue, mentre gli Ebrei, popolo eletto, ereditarono e conservarono il linguaggio primitivo del genere umano: "Fiat ergo hebraicum idioma illud quod primi loquentis labia fabricaverunt" (Vulg. El., I, vi, 5961). O piuttosto (si corregge nel Par. XXVI, 124138) la lingua parlata da Adamo era già totalmente spenta prima della Torre di Babele; e nessuna traccia ne rimase più nemmeno nell'ebraico, dove il nome di Dio fu El (siccome nei nomi propri ebraici di notoria etimologia: Raphael, "Medicina Dei", Michael "Quis ut Deus", e nella forma Elí o Eloí in Matteo XXVI, 46 e Marco XVI, 34, Salmo XXII, I, Purg. XXIII, 74); mentre in origine era stato il monogramma I, oppure J, cioè Jah o Jehovah (Esodo VI, 3), come pare debba leggersi:

Pria ch'io scendessi all'infernale ambascia,

I s'appellava in terra il Sommo Bene,

Onde vien la letizia che mi fascia;

El si chiamò da poi. E ciò conviene,

Che l'uso de' mortali è come fronda

In ramo, che sen va ed altra viene.

Della lingua ebraica Dante ebbe dunque queste e qualche altra rudimentale conoscenza, seppur soltanto lessicale e derivata, come sembra, non tanto da notizie o studio diretto, quanto da fonte latina apostolica, patristica o letteraria: ad es. il Sabaòth (Par. VII, I; Epist. VII, 8) dalle lettere di Paolo ai Romani (IX, 29) e di Giacomo (V, 4) nella Vulgata; il Malachóth (forma errata, in luogo della corretta Mamlachóth) del medesimo passo, da San Girolamo o dalla Historia ecclesiastica di Petrus Comestor o d'altronde.

Quanto alle parole messe in bocca a Nembrotto, ai "dolci salmi", il cui significato a "nullo è noto" (Inf. XXXI, 6780), se appare certamente illogico ed infantile il voler dare a ogni costo, o cercarne, una interpretazione sintattica e discorsiva del verso

Rafel mai amech izabi almi:

d'altra parte è pure innegabile che parecchi elementi radicali di queste enimmatiche parole sono spiccatamente semitici, nè scelti a caso; e che, come è stato osservato, chi crea o inventa artificiosamente un vocabolo, e tanto più una frase, che non sia di nessuna lingua, non sa tuttavia staccarsi del tutto dalle vere parole delle lingue che conosce o di cui ha notizia: tanto più quando la frase da foggiare si consideri e si voglia far apparire come un babelico miscuglio di elementi lessicali appartenenti a vere e proprie lingue preesistenti. Onde è lecito, credo, ritenere verosimile che Dante raccogliesse quei pochi brandelli di semitico dalla viva voce (si badi al bisillabo mai non dittongato, il cui iato solo una pronunzia semitica vocale od orale può render bene e dargli senso) di alcuno che conosceva o parlava l'ebraico o il caldaico o l'arabo o qualcosa sapesse, anche per pratica, di queste o simili lingue: forse da qualche dotto giudeo con cui ebbe dimestichezza. E qui ricorre al pensiero, naturalmente, il nome di quell'Immanuel ben Salomo Zifroni, o Manoello Giudeo, che nel 1321 prese parte con Bosone da Gubbio al compianto poetico per la morte dell'Alighieri e fu lui stesso autore d'una visione poetica in lingua ebraica; quantunque sulle sue relazioni personali o letterarie con Dante nulla ancora sia chiaramente accertato.

Da questo o simile fonte orale, o anche da fonte scritta più o meno a lui vicina od accessibile (fosse il Tesoro del Latini, o le Magnae derivationes di Uguccione da Pisa, o Isidoro di Siviglia, o San Girolamo: l'uno ripeteva l'altro rispettivamente anteriore), l'Alighieri seppe il significato etimologico del nome ebraico Giovanna (Par. XII, 81), e ne fa allusione nelle parole di Bonaventura in lode di San Domenico:

O madre sua veramente Giovanna,

soggiungendo prudentemente (ma poco logicamente, si badi, in bocca a un santo Dottore, ed a qual Santo!)

se interpretata val come si dice.

Nella qual riserva è stata giustamente additata la prova, quasi la esplicita confessione di Dante, ch'egli non aveva alcuna diretta e sicura nozione, come noi diremmo grammaticale o filologica, di lingua ebraica.

Tanto meno (e a più forte ragione possiamo argomentarlo) egli conobbe dell'altra lingua orientale, viva e parlata al suo tempo, cioè dell'arabo. Non che fosse logicamente o materialmente impossibile a Dante il sapere d'arabo (vedemmo come al suo tempo detta lingua veniva insegnata e studiata anche per scopi dottrinari e scientifici, non mai però con criterio propriamente letterario); ma nessuna notizia o induzione positiva della sua vita ci rende verosimile ch'egli se ne occupasse mai; e se qualche nozione ne avesse come che sia procacciata, abbiam la sicurezza logica che ne avrebbe lasciato testimonianza o traccia nelle sue opere, particolarmente nella Divina Commedia e nel De Vulg. Eloq., dove spesso gli occorre, per ragioni poetiche o storiche o dottrinarie, di far menzione di lingue varie, del loro uso, origine, evoluzione, di formazione e distribuzione geografica dei linguaggi. Si osservi quanto agevole, commodo e opportuno, oltre che consentaneo all'indole del suo ingegno così curioso e nudrito di vasta e molteplice cultura, nonchè al carattere enciclopedico della sua opera maggiore, sarebbe stato per l'Alighieri facile e direi inevitabile, se qualche nozione diretta o indiretta avesse avuto della lingua   araba, farne mostra e argomento nella sua trattazione, particolarmente data l'affinità linguistica ed etnica nonchè religiosa fra Arabi ed Israeliti, tra giudei e musulmani: affinità storica e pratica, antica e moderna, comunemente nota anche al tempo di Dante. Quando nel De Vulg. Eloq. (I, VI, 3638) egli riconosce "plerasque nationes et gentes delectabiliori atque utiliori sermone uti quam latinos", non può evidentemente riferirsi, mi sembra, che al francese e al provenzale, non mai a lingue orientali o semitiche, come il già menzionato arabista spagnuolo Asin parrebbe suggerire. Quanto all'idioma dei musulmani in particolare, io immagino che Dante non si domandò mai l'arabo che lingua fosse (sebbene in Italia e nelle corti da lui frequentate non gliene doveva mancare la possibilità di sincerarsene; sì gli mancò, congetturiamo, l'opportunità o la voglia o l'occasione), ovvero non lo ritenne degno d'alcuna attenzione, non reputandolo forse suscettibile d'alcun valore propriamente letterario o poetico. Della esistenza di una letteratura propriamente araba o musulmana, che non fosse quella di semplice e casuale tradizione e trasmissione della cultura antica filosofica e scientifica, penso che Dante non ebbe alcun sentore o sospetto, nonchè conoscenza diretta: la quale ignoranza, verosimile per tante altre ragioni che a suo luogo diremo, si può intanto argomentare dagli stessi scritti danteschi, non tanto per quel che in essi visibilmente è, quanto piuttosto per quel che vi manca: qualche volta (e il caso di Dante ci par desso), il silenzio è forse altrettanto eloquente che la parola stessa.

Con ciò siamo ben lontani dal voler sostenere che la mente dell'Alighieri restasse chiusa ed estranea al pensiero arabomusulmano. Qui abbiamo parlato soltanto di conoscenza linguistica, ed affermato o congetturato, in certo modo a priori, l'inesistenza, l'impossibilità di un rapporto diretto ed immediato tra il pensiero di Dante e la letteratura orientale del tempo suo od a lui anteriore, compresa la letteratura biblica. Andremo ora analizzando e svolgendo la nostra affermazione.

*

* *

Accennammo già al lungo ed amoroso studio che l'Alighieri fece delle Sacre Scritture, in particolare dei Libri poetici, storici e profetici del Vecchio Testamento, sia nelle scuole domenicane e francescane ch'egli frequentò, sia nelle sue pensose e commosse letture personali sin dalla prima giovinezza, come rivelano le sue opere giovanili, specialmente le Rime, che hanno qua e là visibile l'impronta del Salterio in particolare: i Salmi ricorrono poi frequentemente nel poema sacro, in bocca agli Angeli ed alle anime espianti, nel testo latino, quale più naturale linguaggio di celestiali anime commosse. Gli studiosi ed espositori della Commedia hanno in tutti i particolari ricercato e determinato quale e quanta conoscenza ebbe Dante della Bibbia, e donde gli venisse, e quale autorità egli vi riconobbe, quale ispirazione ne trasse al concepimento ed alla esecuzione del poema, quale efficacia ne subisse nei pensieri e nelle immagini, nel linguaggio metaforico, nella ideazione e colorimento delle allegorie e dei simboli, ecc. Ma più che la dotta rassegna delle mutuazioni, reminiscenze, fedeli e libere citazioni e imitazioni, a noi importa qui di rilevare quanto di essenziale e vitale, di caratteristico insomma l'arte dantesca sia debitrice allo studio lungo ed amoroso della Bibbia: specialmente, sincerità e profondità d'ispirazione, semplicità, intensità e potenza pittorica, per cui la sua parola scolpisce e dipinge e sembra penetrare attraverso le cose sino all'intima loro essenza; malinconia, nobiltà di pensiero; preoccupazione assidua e quasi diretta visione del Divino e dell'Eterno nel mondo e nell'universo. Onde giustamente fu osservato dal Carlyle: "Per verità, fervore, profondità, Dante non ha pari nel mondo moderno: per trovargli un parallelo, dobbiamo ricorrere alla Bibbia ebrea, e vivere quasi con gli antichi profeti".

*

*  *

Passando ora alla letteratura musulmana, o piuttosto diremo alla letteratura araba (il primo termine si riferisce al contenuto eticoreligiosoteologico; il secondo di solito alla lingua, ed è perciò più vasto e comprensivo), rammentiamo di aver già rilevato l'utilizzamento di opere ed autorità arabe nella erudizione geografica, cosmografica, astronomica e scientifica di Dante. Qui ci bisogna precisare e specificare alquanto.

La cultura filosofica e scientifica del mondo medievale verso il mille era per la maggior parte, innegabilmente, rappresentata dai dotti musulmani; i quali ne erano venuti in possesso, attingendola ed elaborandola, con proprie traduzioni e commenti, dalle fonti classiche elleniche od ellenistiche, conosciute per opera precipua dei cristiani orientali sirii o irachensi, con cui gli arabi s'eran trovati in contatto e convivenza nella loro rapida travolgente espansione conquistatrice. Medicina, geometria, astronomia, geografia, cosmografia, logica, filosofia: tutte le principali scienze naturali, fisiche, matematiche e filosofiche, che l'antichità classica occidentale aveva investigate e svolte, particolarmente nel periodo originale od ellenico, la civiltà islamica se le assorbì, s'appropriò, conservò, diffuse per il mondo musulmano; proprio mentre sulla società cristiana occidentale, rottasi la tradidizione letteraria di Roma imperiale in frantumi isolati – rari nantes in gurgite vasto – premevano più dense e letargiche, più vaste e diffuse, le tenebre dell'ignoranza.

Ma quando tra le genti cristiane d'Occidente, dopo il mille, si determinò il risveglio civile, economico, intellettuale, artistico; e l'Europa ridomandò all'Oriente il suo obliato patrimonio spirituale, specialmente innanzi tutto quello scientifico, più urgentemente necessario alla vita, alla sanità fisica, al traffico, al raziocinio: allora, nei paesi dove meno acuto era il contrasto fra islamismo e cristianesimo, là dove i Cristiani eran riusciti a scuotere il giogo musulmano, conservandone tuttavia gli elementi culturali, per temperamento di carattere e per saggezza di prìncipi, in Sicilia dunque e particolarmente e più durevolmente in Spagna, il sapere islamico od arabico fu ricercato, riconosciuto, ammirato nell'Europa occidentale; derivato, mediante parafrasi e versioni latine, nelle scuole e nella cultura superiore; discusso, accettato, confutato, fatto oggetto di studio, d'imitazione e spesso di venerazione fra i dotti: divenuto, come oggi diremmo, testo d'istruzione, unico per certe discipline fondamentali. Così accadde che i nomi di Averrois, Avicenna, Algazel, Albumasar (che potè essere tanto al Farabi, quanto abu Masciar Giáfar), Alchindus, Albubater o Rhazes, Arzachel (o al Zarkali), Petragius, Alfragano, ecc., divennero in breve volger d'anni, mediante le traduzioni latine quasi letterali, noti a tutti i dotti e anche alle persone di media cultura in Occidente.

Nato e cresciuto in questo contorno di rispetto e di simpatia verso la scienza arabica, quasi unica scienza del suo tempo, Dante, più d'ogni altro bramoso di sapere e d'imparare, partecipò naturalmente a siffatti sentimenti: ebbe tra mano i libri degli scrittori arabi, nelle versioni su enumerate, se ne valse a istruirsi, li citò frequentemente, con una certa predilezione, e quasi ostentazione, nelle sue opere, diede forma imaginosa e solenne alla sua ammirazione, collocando con storica e logica valutazione in mezzo agli spiriti magni del Limbo, accanto a Euclide e ad Ippocrate, gli arabi (o tali da lui ritenuti) Avicenna e Averroè: i due più alti o più noti rappresentanti delle dottrine arabicosaracene, in medicina ed in filosofia, in connessione – si badi – e quasi direi in dipendenza, dei loro predecessori e maestri, i greci.

In filosofia, come è noto, Dante fu sopratutto, ma non del tutto, tomista; serbò cioè libertà di pensiero tanta, d'accogliere talora dottrine non seguite o non espresse da San Tommaso, o non conformi a quelle della "Somma", particolarmente dottrine averroistiche, quali quelle relative alla eternità della terra, alla materia prima, alla sfera del fuoco, alle macchie lunari ecc.: teorie cosmologiche, teologiche ed anche psicologiche più vicine, sembra, all'Avicennismoaverroistico anzi che al Tomismo. Ora, non è dubbio che Dante conoscesse di Averroè e di Avicenna quanto al tempo suo era tradotto in latino e andava per le scuole (del primo specialmente opere filosofiche, del secondo in particolare scritti medici e naturalistici); l'uno e l'altro egli cita qua e là: Averrois (Mon. I, III, 778; Conv. IV, XII, 6869; Aq. et Ter. V, 56; XVIII, 3639; Purg. XXV, 63); Avicenna (Conv. II, XIV, 2732; XV, 6967; III, XIV, 3841; IV, XXI, 1517); Algazel con Avicenna nella prima e nell'ultima delle qui indicate citazioni; ed entrambi i primi sottrae all'Inferno e colloca fra gli Spiriti Magni del nobile Castello, come innalza agli splendori della sfera solare il noto averroista Sigeri di Brabante. Ma sino a qual punto egli abbia approfondito e approvi od accolga il pensiero averroistico e lo riproduca nelle sue opere, è difficile dire, nè è per anco chiaramente assodato.

Giacchè anche lì dove i filosofi arabi sono esplicitamente citati, non è sempre agevole, e talvolta anzi impossibile, il decidere se Dante attinga direttamente alle traduzioni di essi, ovvero alle citazioni o confutazioni fattene sia da Tommaso sia da Alberto Magno. E d'altra parte si badi che, se per un verso l'indipendenza e serenità di giudizio di Dante gli permette di collocare nel Limbo quell'Averroè che l'opinione più comune, per quanto falsa, del suo tempo riteneva ateo ed impudente negatore del Cristo e d'ogni fede religiosa (tanto che nella cappella degli Spagnuoli di Santa Maria Novella esso vien dipinto da Taddeo Gaddi ai piedi dell'Aquinate fra Ario e Sabellio, e così a Siena nell'opera di Fr. Traini, e certo tra i reprobi dannati nel Camposanto di Pisa); d'altro canto l'esaltazione di Sigeri per bocca di San Tommaso non significa già necessariamente che l'Alighieri approvasse gl'invidiosi sillogizzati veri di lui (che poi non sappiam nemmeno quali fossero, a quali cioè Dante precisamente alluda), come la encomiastica presentazione, messa sulle labbra di San Bonaventura, dell'"abate Gioacchino di spirito profetico dotato" non dimostra l'adesione di Dante al misticismo simbolico ed ascetismo del dottore calabrese nè tanto meno dei Gioachimiti.

La psicologia complicata e multivoca di Dante, in cui l'uomo di scienza si confonde sì spesso e sì volentieri con il poeta, sicchè questo soverchi quello e talvolta lo occulti e lo surroghi, non permette sicure induzioni nella introspezione del suo pensiero riflesso personale. Anche qui sovente l'indagine necessariamente procede sopra calcoli di probabilità, il cui valore è sottoposto ad alterazioni e revisioni incessanti, senza speranza di inconcusse conclusioni. La misura e la prudenza sono perciò più che mai consigliabili e necessarie in questo campo, sopra un terreno malsicuro e ricco in abbagli

*

* *

Oltre a questa siffatta conoscenza del sapere scientifico arabico, ebbe Dante altra notizia del pensiero arabo e della forma poetica, letteraria, teologica di cui esso s'era rivestito in Oriente e nell'Occidente africanosiculoandaluso? Potè egli trarne elementi alla sua ispirazione poetica, alla costruzione del suo mondo artistico, in particolare alla elaborazione della Commedia?

Sino a qualche anno fa, queste domande sarebbero sembrate a tutti, dantisti o come che sia lettori e studiosi di Dante, affatto oziose ed inutili. Che la materia ed anche qua e là l'invenzione o ripartizione fantastica della D. C., specialmente la sua classifica ed assegnazione delle colpe e delle pene ai dannati, presentassero qualche analogia, qualche corrispondenza o lontana somiglianza con le immaginose raffigurazioni orientali dell'oltretomba, non si durava fatica a creder possibile: la fantasia umana, in fondo, ha pure i suoi limiti, precipuamente in argomento sì specifico e determinato e presente ad ogni coscienza religiosa e morale in ogni tempo. Ma che una derivazione diretta o indiretta, e tanto meno una imitazione, potesse esservi, da tanto diverso e da tanto lontano, ognuno di noi si rifiutava anche soltanto di accoglierne il dubbio: abituati, come eravamo, a considerare il Poema sacro più come una montagna solitaria, un massiccio maestoso ed eccelso senza contorno di alture e d'approcci di sistema orografico ascendente verso di esso o digradante, anzichè come una vetta culminante in mezzo a un altipiano, o un promontorio che si erga sul mare, preannunciato e preparato da una serie di colli e di cime in catena, a cui visibilmente esso s'attacchi e da cui in sostanza derivi. Onde le prime osservazioni ed ipotesi messe innanzi da studiosi di letterature orientali, specialmente indianisti e iranisti, rimasero senza eco, quasi non furon nemmeno prese in considerazione, presentate com'erano con dati e raffronti molto frammentari e con scarsa o inadeguata conoscenza della Divina Commedia stessa, di Dante e dei suoi tempi. Rimandando a un mio precedente libretto, "che per necessità qui si registra" – Intorno alle fonti orientali della Divina Commedia (Roma, 1919), – per un più largo riassunto di queste prime ipotesi o congetture orientalistiche, mi limito qui a ricordare i due più noti proponitori e sostenitori di esse: un indianista e un iranista, A. De Gubernatis ed É. Blochet. Nel suo volume Su le orme di Dante (Roma 1901), il De Gubernatis, raccogliendo e precisando i suoi anteriori appunti qua e là pubblicati, addita in alcune leggende e figurazioni fantastiche della letteratura indoiranica i così detti prototipi orientali di rappresentazioni dantesche, e precipuamente: a) il Monte del Purgatorio con il Paradiso Terrestre in cima, sorgente nell'isola di Seilan e nel Picco d'Adamo, ritenuto quale sede primitiva del genere umano (già Plinio o Solino avevan dato a Br. Latini notizie dell'isola di Tabropane); b) la figura mostruosa e colossale di Lucifero, adombrata nel dio Yáma delle leggende popolari seilaniche; c) la topografia morale e la scenografia penitenziaria dell'Inferno, nella visione peelevica nota sotto il nome di Libro di Arda figlio di Viráf (tradotta in inglese dall'Haug nel 1872, in francese dal Barthélemy nel 1887). Di questo materiale leggendario e visionistico orientale Dante avrebbe avuto sentore, o più o meno distinta notizia (secondo il De

37

Gubernatis), da probabili rifacimenti, riassunti o "versioni" ebraicolatine; – che per altro nessuno conosce, di cui non si ha il benchè minimo cenno o indizio!

Fermatosi a studiare più da vicino il Libro di ArdaViráf in una ulteriore elaborazione musulmana, il Blochet (Les sources orientales de la Divine Comédie, Paris, 1901) afferma, senza dimostrarlo, il "parallelismo quasi completo" tra la D. C. e quel viaggio visionistico o peregrinazione oltremondana di Arda, occupandosi più che altro a rintracciare le vie che detta leggenda iranoislamica può aver percorso "per arrivare dal fondo dell'Iran fino alle rive dell'Arno", ma senza ricercare o provare se veramente le abbia percorse e se ci sia mai arrivata. In sostanza, fra molte arbitrarie cervellotiche affermazioni, e interessanti ma inutili divagazioni, il Blochet sostenne che Dante abbia imitato questa Visione orientale indirettamente e inconsapevolmente (la contraddizione è nei termini!), attingendo dalle versioni, cioè varianti e rifacimenti, occidentali di essa, vale a dire da quei racconti meravigliosi o leggende cristiane, redatte specialmente in latino, di viaggi attraverso il mondo invisibile di oltretomba, diffuse per tutta l'Europa occidentale tra il IX e il XIII secolo e "tutte impregnate di elementi iranicomusulmani". Questo intuito sicuro dell'influenza iranoislamica sulle visioni escatologiche cristiane medievali è la parte più seria del libretto del Blochet, quella che egli avrebbe dovuto e potuto svolgere utilmente, ampliando e approfondendo lo studio già fatto nel 1891 da un altro orientalista, l'olandese De Goeje, su La légende de saint Brandan, invece di gingillarsi attorno alla D. C., che conosceva quasi soltanto per sentito dire, con affermazioni e giudizi d'una incredibile leggerezza e inconsistenza.

Ma il nocciolo buono del suo pensiero è stato recentemente ripreso, con assai maggiore preparazione, e con qualche miglior fortuna, dall'arabista spagnuolo Don Miguel Asin Palacios; il quale gli ha dato svolgimento e parziale dimostrazione scientifica, avviando il problema a non lontana risoluzione, con analizzare specialmente le forme o elaborazioni arabe, letterarie e mistiche, che l'antica visione d'oltretomba rivestì nell'Oriente a noi più vicino, tra i musulmani cioè d'Africa e di Spagna. Senonchè, per naturale ma incauto desiderio di arrivar presto alla meta più ambita e più alta delle sue ricerche, affascinato dal miraggio, dalla novità e importanza della tesi (la scoperta di nuove fonti della D. C.), l'Asin ha errato anche lui nei suoi passi anticipando frettolosamente e perciò falsando i risultati, quasi – diremmo volgarmente – legando i buoi dietro al carro. Invece di mettere a base della sua indagine il raffronto, completo ed esauriente, tra le leggende escatologiche musulmane e quelle cristiane medievali precorritrici della D. C., egli ha innanzi tutto statuito e approfondito la comparazione tra le visioni islamiche e il poema Dantesco; e solo in un secondo momento, quasi per tardo scrupolo critico, ha passato in una rapida e alquanto frettolosa e non diretta rassegna le leggende occidentali d'oltretomba, spigolando ed illustrando in esse solamente le tracce e gl'influssi del pensiero musulmano. Da questo errore di metodo o di prospettiva è derivato che l'Asin, pur avendo fatto di Dante e della sua opera uno studio coscienzioso e per molti aspetti sicuro, pur essendo egli di una indiscutibile, forse unica competenza filologica, storica e teologica, su questo particolar territorio di letteratura musulmana, l'Asin ha affrettato e sbagliato le sue ultime conclusioni, come spiegheremo, affermando un rapporto specifico di derivazione e filiazione, la imitazione cioè di concetti e figurazioni islamiche nella D. C.

Ciò nonostante il suo libro è così denso di sicura e peregrina erudizione islamica, presenta raccolta, sistemata e messa in opera una sì lunga e ricca copia di materiali e di fatti, di raffronti, analogie, corrispondenze e coincidenze impressionanti, per chi ricerchi con investigazioni comparative sulle origini, i precedenti letterari o precorritori del Poema Sacro; e d'altra parte esso ha levato nel campo di questi studi sì alto, e in parte ben meritato rumore, che ci sembra di non poter fare a meno di darne qui ampio e preciso ragguaglio nel trattare, come noi facciamo, sia pure in forma e misura di semplice compilazione divulgativa, dei rapporti fra il pensiero di Dante e quello dell'Oriente a lui contemporaneo. Tanto più che detta memoria dell'Asin, a parte l'errore della tesi specifica, ha il merito indiscutibile di avviare, di far avanzare verso prossima e sicura risoluzione il problema sulla origine prima e remota di alcune immaginazioni e raffigurazioni dantesche.

*

*  *

Intorno a un breve e vago passo del Corano (cap. XVII, vers. I): "Spetta la lode ad Alláh, che fece viaggiar durante la notte il servo suo (Maometto) dal Tempio sacro (della Mecca) sino al tempio più remoto (di Gerusalemme?).... per mostrargli i suoi portenti", nel quale si allude a una notturna peregrinazione meravigliosa, visione o sogno che fosse, compiuta dal Profeta attraverso i segni della divina onnipotenza, che non si dice quali siano: la fantasia popolare musulmana, e poi e più l'industria inventiva degl'interpreti coranici, utilizzando specialmente antiche e diffuse fantasticherie escatologiche d'origine persiana (quali incontransi nel già menzionato Libro di Arda), foggiarono in una moltitudine di redazioni varie, – che si possono raggruppare in tre cicli principali, – la leggenda religiosa moraleggiante di un viaggio attraverso le regioni o regni d'oltretomba. Questa peregrinazione visionistica ebbe due momenti, o parti essenziali (ma nel corpo della leggenda non ben distinte e separate, anzi spesso confuse): il così detto Isrà o "viaggio notturno" terrestre, e il Miirág o "scalata" ascesa per gradi, propriamente detto, nel quale descrivonsi, con molti minuti particolari meravigliosi, le tappe ed episodi di quella, pretesa o sognata, trasmigrazione o visione drammatica, nelle sue due parti o atti principali, visita dell'Inferno ed ascensione al Cielo. Tutte queste redazioni erano già divulgate nel mondo islamico (perciò anche in Siria, Palestina, Egitto, Africa settentrionale, Spagna, Sicilia) al più tardi sin dal secolo IX della nostra èra. Alcune di esse, pur anteriori al secolo IX, presentavano già saldate e fuse in una sola azione drammatica complessiva le due parti principali costitutive della leggenda, o come noi diremo l'Inferno e il Paradiso.

L'Asin raccoglie ed espone minutamente questo ciclo leggendario, detto con termine comprensivo, del Miirág o Ascensione di Maometto, studiandolo nella sua genesi, nelle sue varie redazioni, nei commentari teologici di esso, nelle adattazioni allegoricomistiche e nelle imitazioni letterarie che la letteratura islamica ne fece sino al secolo XIII; e passo passo comparandolo, in raffronti analitici multilateri, con la struttura materiale e morale, cioè architettonica e distributiva, con la topografia e scenografia, con l'azione drammatica, con gli episodi, e talvolta con i caratteri e personaggi, e persino con lo stile o veste verbale della Divina Commedia. A tale scopo, oltre la visione o leggenda del Miirág nei suoi vari testi e rielaborazioni, l'Asin esplora ed utilizza tutto il resto della ricchissima letteratura escatologica musulmana, che comprende vari tratti del Corano e delle Tradizioni profetiche, coi loro commenti e supercommenti, relativi all'oltretomba; leggende e figurazioni, popolari e dotte, intorno al Giudizio finale, e per ultimo molti scritti dottrinari di teologi e filosofi, specialmente di mistici, che sistemarono, interpretarono e raziocinarono tutti questi sparsi documenti della rivelazione musulmana intorno ai Novissimi.

Senza riprodurre qui la larga e precisa esposizione, data nel mio già citato opuscolo, del graduale e completo raffronto istituito dall'Asin (raffronto ormai riassunto ampiamente ed analizzato in varie riviste, anche di cultura generale, dell'Italia e dell'estero), ricomporrò qui come un estratto

39

complessivo ed armonistico di questa analisi e sintesi comparativa, dando – secondo il metodo stesso del chiaro arabista, spinto sino all'ultimo limite logico – una specie di racconto o tela generale della visione escatologica musulmana, quale l'Asin ha raccolta e messa a fronte del poema dantesco. Al protagonista del viaggio islamico d'oltretomba, che spesso ne è anche il narratore, e che fu in origine impersonato in Maometto, poi in un certo ibn Qárih od altro santo e illustre personaggio musulmano, da ultimo, nelle elaborazioni mistiche, in un semplice ed umile uomo qualsiasi, variamente nominato, o anche anonimo e simboleggiante (dichiararono espressamente quelli scrittori mistici) l'anima umana che compie la sua rigenerazione morale salendo dalla schiavitù del peccato alla libertà dello spirito mediante la fede e le altre virtù teologali: a questo pellegrino musulmano attraverso i regni del mondo invisibile, noi daremo dunque per comodità del racconto o esposizione, il nome o appellativo generico di "Servo di Dio" o Abdalla, che ne è per etimologia, e per consuetudine o spediente onomastico, l'equivalente.

*

* *

Ma innanzi tutto rammentiamo che questo mondo d'oltretomba si scomparte, per il musulmano come per il cristiano, in quattro regni o stati dell'anima nella vita futura, dopo il primo giudizio personale immediato e l'altro finale e complessivo del genere umano: – 1° il luogo e stato di dannazione eterna, Giahdnnam (Gehenna: l'antichissima "Valle di Hinnon", depressione o fossa presso Gerusalemme, dove ardevansi vivi i fanciulli in onore di Moloc), con il duplice castigo della separazione o privazione di Dio, e il tormento generale del fuoco; – 2° lo stato di eterna salvezza e godimento perpetuo nel Firdaws (Paradiso: antica parola zendica o babilonese, significante vastissimo parco o giardino arborato) o Giannát cioè giardini di delizie, più tardi detti anche o piuttosto Giànas "circoli" o sfere celesti (quando la sede dei beati fu, dai teologi e mistici, spiritualizzata e trasferita dalla terra in cielo); – 3° quello della purgazione, cioè del castigo temporaneo o provvisorio (Siràt: strada, ponte, aspra costa tra l'inferno e il cielo), per coloro che morirono bensì nella fede, ma senza aver fatto adeguata penitenza dei loro peccati; – e finalmente, 4° l'Aaràf (estremità, orli, lembi, Limbo), luogo privo di pena e di premio, per le anime vissute senza merito nè demerito, cioè senza aver nè servito nè offeso Dio.

Certamente non in tutte le rappresentazioni escatologiche musulmane appaiono tutti e quattro, l'uno accanto all'altro, questi regni d'oltretomba; nè le visioni e peregrinazioni leggendarie e teologicomistiche si svolgono col medesimo ordine e successione d'itinerario, ma anzi con innumerevole varietà e molteplicità di particolari descrittivi, topografici, episodici, sebbene con stucchevole uniformità e ripetizione di figurazioni e concetti generali, di infantili inconseguenti esagerazioni, e senza quasi nessuna misura, proporzione o freno d'arte. Questa stessa sbrigliata e arruffata varietà di linee generali rende più opportuno al nostro scopo, e starei per dire più naturale, o sia pur meno artificiale, il nostro seguente riassunto eclettico e sincretistico, tanto descrittivo della struttura e funzione dei regni d'oltretomba quanto narrativo della visione musulmana, fatto con molteplice complicazione e contaminazione delle varie fonti e cicli o redazioni, allo scopo di rappresentare ed epitomare, oltre che confutare, il raffronto con la D. C., istituito dall'Asin e messo a fondamento della sua tesi sulla cultura islamica di Dante.

Ecco qui in primo luogo, per procedere con ordine e chiarezza, lo schema topografico o descrizione generale del mondo escatologico visitato dal peregrino islamico, nelle sue quattro partizioni o regni.

40

a). L'Aaràf, situato in maniera varia od incerta tra il cielo e l'inferno, messo in rapporto (come già nel testo coranico) or con l'uno or con l'altro dei due regni eterni, presentasi come, un'altura o colle cinto da muraglia, dove su prati di fresca verzura, in un'amena valle ricca d'alberi e rigata da fiumi, albergano in vari gruppi, speciali categorie di spiriti attivi, contemplativi ed infanti: gli eroi martiri della guerra santa ma stati disobbedienti ai loro genitori; i savi e giureconsulti che peccarono per vanagloria; i figli dei musulmani e degli infedeli morti avanti l'uso della ragione; le anime "di cui nel mondo s'equipararono le buone e le cattive azioni"; gli Angeli mascolini o Virangeli, e i Geni o demoni che credettero in Maometto. L'unica sofferenza che patiscono tutti questi abitatori del Limbo islamico è il desiderio, senza possibilità di appagamento, d'entrare nel Paradiso: sospesi tra i dannati e gli eletti, essi conoscono gli spiriti dell'uno e dell'altro regno e posson rivolgere loro il discorso.

b). L'Inferno musulmano è raffigurato come un profondo abisso sotterraneo, vaneggiante e con l'ingresso aperto precisamente al di sotto di Gerusalemme: costituito da sette graduali scaglioni, o balzi circolari concentrici, che digradando discendono sino al centro della terra, suddivisi alla loro volta in gironi o fosse minori, con grande ricchezza e varietà di particolari oroidrografici e architettonici: roccie, montagne, precipizi, valli, fiumi, muri, castelli, sepolcri. Ognuno di questi cerchi maggiori o minori ha una propria fisonomia topografica e una sua denominazione speciale, o toponimia propria, desunta, sia dal nome di alcuni personaggi che vi patiscon supplizio (es. Gog e Magog, Faraone per i tiranni. Sodoma e Gomorra per i peccatori contro natura, abù Giahl, famigerato pagano e nemico di Maometto, per i politeisti, ecc.), sia da condizioni fisiche e morali del luogo stesso (es. Giahdnnam, Fuoco bruciante, Fuoco vorace, Fuoco fiammante,. Fuoco ardente. Fuoco intenso, Abisso, Sciagura, Perdizione, ecc.). A maggior profondità corrisponde maggior gravità di colpa, e maggior tormento o dolore nella pena, secondo le categorie e sottocategorie dei peccatori. I peccati sono variamente distribuiti secondo criteri dommatici ed etici, per es. in una serie corrispondente, dall'alto in basso, ai vari organi corporei con cui furono commessi, cioè occhi, orecchie, lingua, mano, ventre, organi sessuali, piedi; ed ogni categoria o cerchio è suddiviso in quattro quadranti, che accolgono rispettivamente gl'infedeli, i politeisti, gli atei, gl'ipocriti nella fede, ecc. I reprobi camminano sempre da destra verso sinistra, e sono assoggettati a castighi diversi e correlativi, or per analogia or per contrapposizione, alle loro colpe. Eterna è la loro condanna e la loro pena.

c). Tra l'Inferno e il Cielo, situato precisamente fuori e al disopra di quello, al di sotto di questo, sorge l'aspro monte del Purgatorio islamico, dove le anime sono trattenute "finchè restituiscano mutuamente i debiti che contrassero nel mondo con le loro colpe non espiate da penitenza": diviso in assai vario numero di stanze, sedi e recinti, consta di sette ripiani, balzi e ponti, tutti irti di ardui ostacoli; tra cui sono ripartiti gli spiriti purganti con un criterio etico fondato sui sette peccati capitali della teologia morale musulmana, il contrario cioè o le trasgressioni dei sette precetti religiosi: fede, preghiera, digiuno, elemosina, pellegrinaggio ai luoghi santi, abluzioni, giustizia verso il prossimo.

All'estremo del Siràt o Purgatorio, in cima d'un alta montagna orientale (geograficamente identificata – già si disse – con il Picco di Adamo nell'isola di Seilan), è situato il Paradiso terrestre islamico, luogo di delizie e di serena vigilia, dove, tra verdi praterie, foreste aromatiche, armonia di canori uccelli, lieve e dolcemente fresco venticello, le anime già monde delle loro colpe, purificate alfine con duplice abluzione d'ogni residuo pur minimo di bruttura e di peccato, sostano al piè d'un albero in attesa d'essere assunte ed introdotte nel Paradiso.

d). Il quale, cioè il Paradiso celestiale islamico (adombrato dapprima nella grossolana, materiale o simbolica che sia, descrizione dell'Eden coranico; deterso poi e sublimato nella rappresentazione e sistemazione dei teologi e dei mistici) si slarga al di sopra delle sfere planetarie, di là dal Cielo delle stelle fisse. In cima al primo Mobile è il Trono di Allàh, circondato dagli angeli e risplendente di luce eterna. La sede effettiva dei beati è lo spazio immenso compreso tra la sfera stellare e il primo Mobile: essa consiste in sette celestiali giardini, sfere concentriche o circoli di raggio progressivamente minore dall'alto in basso, con il rispettivo nome di Casa della Perseveranza, Casa della Pace, Giardino dell'Eternità, del Rifugio, della Delizia, del Paradiso, dell'Eden, dividendosi ognuno di questi cerchi in un numero incalcolabile di gradini o file circolari di seggi, quasi ad anfiteatro rovesciato, ed ogni gradino in categorie, magioni, abitazioni o loculi individuali, in un piano architettonico e cosmologico corrispondente a quello dell'Inferno e del Purgatorio, e sulla medesima linea geometrica della Gerusalemme terrestre.

La visione beatifica di Dio, causa ed essenza del viver glorioso e del gaudio dei celesti, si comunica e manifesta ad essi in luce, ardore, armonia, movimento. Fisso lo sguardo nel fulgore della luce divina, essi ne ricevono, godono e rispecchiano in diverso grado, secondo la rispettiva attitudine o recettività del soggetto, cioè in proporzione della naturalezza e quantità o intensità del conoscimento che l'anima ebbe di Dio nella sua esistenza mortale. Il gaudio o diletto generato nei celesti abitatori dalla visione beatifica, pur nella varietà di grado, è sempre e in ciascuno tanto vivo e profondo, che produce nell'anima estatico rapimento od amnesia, e sopore o quasi incoscienza. Nè la differenza di grado o intensità, sia nella visione beatifica sia nel gaudio concomitante, genera verun senso di rammarico, d'inferiorità o d'invidia tra gli eletti dei vari ordini, per effetto della completa uniformità tra il volere di ciascun beato e quello del Primo Amore.

Ma veniamo ormai al riassunto sintetico della visione escatologica islamica, al romanzo teologico o azione drammatica, compiuta e narrata dal nostro anonimo Abdalla.

*

*  *

In una buia notte, al destarsi da un letargico sonno profondo, in compagnia dell'angelo Gabriele, che d'improvviso gli appare e gli si offre per guida, l'anonimo Abdalla (pellegrino della leggenda o visione musulmana) inizia il suo viaggio d'oltretomba; e innanzi tutto scansa, con l'aiuto del celeste compagno, due belve minacciose, un lupo ed un leone, che vorrebbero serrargli il passo. La prossimità dell'Inferno annunciasi a lui col confuso tumulto di grida d'ira e di dolore. Il portiere o guardiano del triste regno, un angelo severo e collerico, tutto incandescente e seduto sopra igneo scabello, nega di aprire ad Abdalla la visione dell'Inferno; ma una voce dall'alto risuona, ingiungendo di non contrastare in cosa alcuna il fatale pellegrino. Più innanzi, un feroce demonio con un tizzone ardente lo insegue, ma Gabriele ne spegne il fuoco per virtù d'un'orazione che insegna al suo protetto.

Nel primo vano infernale questi vede un oceano di fuoco, nelle cui plaghe ergonsi innumerevoli tombe ignee o sepolcri infocati, entro cui sono puniti i rei di frode sui beni altrui e i credenti che trascurarono la loro preghiera obbligatoria. Mira poi via via, avanzando attraverso il regno delle colpe e del dolore senza speranza, i peccatori di gola e di lussuria sbattuti, storditi e travolti da violento uragano; sotto pioggia di acqua bollente e metallo fuso andare in tondo "come l'asino intorno alla noria" i savi che non conformarono la loro condotta ai propri insegnamenti, talvolta accompagnati da quelli stessi che ebbero discepoli nel mondo; battuti dalle sferze dei demoni "sul viso, sulle spalle, sui fianchi", i calunniatori di coniugi fedeli, o falsi accusatori di adulterio; gli ubbriachi, abbeverati con fetide pozioni; confitti in pozzi di fuoco "con la testa in giù" gli assassini, o moventi incontro alle

42

loro vittime, che s'avanzano "tenendo in mano per i capelli la propria testa e sgorgando sangue dalle giugulari"; stravolti con la testa retroversa i Giudei che negarono fede al Corano, gli spergiuri ed altri scellerati. Vede ancora serpi ed idre velenose che mordono ed emaciano gli usurai e gli adulteri; i ladri e gli avari con le mani mozze; i suicidi scannati dai demoni, con gli stessi loro coltelli con cui si tolsero la vita; e i carnefici spaccati nel ventre trascinar per terra le proprie interiora; altrove i calunniatori, usurai ed ubbriachi, tormentati da scabbia schifosa, fame e sete inestinguibile, da febbri ardenti: "la rogna invade il loro corpo, ed essi si raschian di continuo fino a mettere a nudo le ossa"..., "soffrono una fame vorace che li obbliga ad azzanarsi da se stessi"..., "li consuma una sete ardente e febbrile, che brucia loro le viscere e li fa urlare: "ah che ardore! datemi un sorso d'acqua!". Altrove ancora gli usurai nuotano in un lago di sangue, cercando invano di raggiunger l'orlo, da cui gli sbirri infernali con lancio di pietre infocate li obbligano a rituffarsi giù; i malvagi figliuoli, immersi in un mare di fuoco e arroncigliati da demoni quando chiedon misericordia. Altri rei sono crocefissi per terra e calpestati; altri finalmente patiscono il supplizio del freddo, esposti al soffio d'un vento gelido e al contatto dell'acqua ghiaccia, dentro un pozzo "nel quale le lor membra si disgregano e si staccano per l'intensità del gelo": tormento a cui è preferibile il fuoco stesso, che qua o là, a seconda della gravità del peccato, brucia con fiamme più o meno alte in su le persone dei dannati, inarcocchiate talvolta sino al punto d'avere "i piedi legati con i capelli".

Gl'infedeli, abitatori dell'ultimo girone infernale, hanno – per somministrar più vasta materia ai supplizi cui sono condannati – stature di mostruose dimensioni, tanto da sembrare orribili giganti. Tale anche, e in maggior proporzioni appare Iblís il re dell'Inferno: egli è un angelo che, in castigo della sua tracotante superbia, fu già precipitato da Dio dal cielo in su la terra, e che nel cadere attraversò successivamente i vari strati di essa sino a restar confitto e sospeso nel più profondo abisso, impietrato nel gelo, ma con i piedi senza appoggio: gigantesca è la sua corporatura, giacchè con le spalle e con le braccia sostiene su di sé le gravanti zone circolari della terra; egli è tuttora un angelo e perciò fornito d'ali; ma il peccato ha sostituito alla sua originaria bellezza il mostruoso aspetto d'un'enorme bestia policefala, che con le sue bocche aperte divora i peccatori.

*

* *

Uscito dalla sede dei dannati, Abdalla, seguendo i passi della sua guida, e animato dalle incoraggianti esortazioni di lui, sale penosamente l'erta balza di un monte scosceso, il Purgatorio islamico; le cui anime sollecitan variamente, anche apparendo in sogni e visioni sulla terra ai viventi, preghiere espiatorie o suffragi; e qui implorano, con lamenti e suppliche, l'intercessione degli Angeli e dei Beati, affinchè Dio abbrevi le loro torture e, pel ministero di Gabriele, le innalzi al cielo. Tristezza, dolore, pentimento sono i sentimenti assidui e comuni di quegli spiriti, ripartiti nei loro recinti o stanze, secondo il peccato e la corrispondente pena espiatoria, tra cui principale quella del fuoco che purifica. Gli avari e quelli che s'arricchirono con male arti sono condannati a trasportare sulle spalle, su per lo scosceso sentiero del Siràt, come carichi opprimenti, il fardello dei loro tesori o del mal tolto. Affetti da tormentosa cecità sono gli infedeli, o quelli che non conformarono alla loro fede le proprie azioni, "lessero il Corano, ma non lo praticarono". Un denso e soffocante fumo avvolge tutti coloro che si burlarono dei Profeti. Gli ubbriachi hanno le mani ammanettate e i piedi impastoiati, e vanno strisciando proni per terra. Sull'orlo estremo del Siràt, Abdalla mira tre grandi alberi dalla fresca ombra e dai pomi succulenti; sotto cui le anime purganti, tormentate dalla fame e dalla sete, invano implorano di fermarsi a prendere riposo e cibo.

43

A un certo punto dell'ascesa, il pellegrino incontra una vecchia donna, coperta d'ogni più vistosa gala, che con dolci parole e cenni procaci lo chiama ed invita ad abbandonare il suo cammino per fermarsi presso di lei; ma Gabriele gli spiega esser quella femmina non altro che rappresentazione simbolica del mondo, adorno di tutto l'orpello dei piaceri e della effimera felicità seduttrice.

Finalmente, traversato un fiume che segna l'estremo limite del Siràt, Abdalla penetra nel Giardino delle delizie o Paradiso terrestre, in cima alla montagna del Giacinto, sorgente in mezzo all'oceano: quivi, vagando per verdi prati tra fiori e uccelli, fra l'alito di freschi zefiri e l'ombra deliziosa di alberi dai frutti profumati, egli s'immerge in due limpidi anonimi fiumi cristallini, e ne beve, riuscendone mondo nel corpo e nello spirito d'ogni bruttura, d'ogni cura e preoccupazione della vita passata. Quindi si riposa al rezzo d'un bell'albero, mentre, fra gli inviti e le grida gratulanti degli Angeli, gli viene incontro, in mezzo ad una splendida cavalcata di servi e donzelle, la donna pudica e bellissima, da Dio destinata a sua compagna d'eterno godimento. Ella gli dà il benvenuto, gli narra da quanto tempo l'attende, vegliando dal cielo su di lui, trepidando ai suoi falli o trascorsi; ed ecco che ora alfine può accoglierlo ed introdurlo nel Paradiso, dov'egli entra "nell'età di Gesù", compiendo cioè il suo trentatreesimo anno di vita, e dopo che il marchio o stimma infernale impresso sulla sua fronte viene ormai cancellato, e sostituitovi l'appellativo di "liberto di Dio".

*

* *

L' ascensione attraverso i cieli (che Maometto fece, nel suo Miirág, trasportatovi dall'alato quadrupe Boràq) Abdalla compie invece trasvolando miracolosamente dietro la sua angelica guida "con la velocità del vento" o della "saetta";e "salendo in minor tempo che un aprire e chiuder d'occhi", per una immensa scala d'oro, d'argento e di smeraldo, tra una duplice fila di Angeli. .Questi sono sfolgoranti di luce e di candore; ve ne ha alcuni, "la cui metà inferiore è di fuoco, la superiore di neve". Fenomeni luminosi e acustici, luce, musica, colori, splendori si presentano da per tutto ai suoi occhi. Ad ogni nuova tappa nell'ascesa, Abdalla resta abbagliato dalla progressiva sempre maggior luce di ciascuna sfera: crede dapprima diventar cieco ed istintivamente si fa schermo delle mani avanti agli occhi; ma Gabriele lo rincora, e Dio rende sempre più valida e acuta la sua vista, onde finisce per contemplare agevolmente ogni nuovo più sfavillante splendore.

Dalla loro unica ed effettiva sede paradisiaca, che è l'Empireo o primo Mobile, i beati discendono per dare al simbolico viatore un'immagine sensibile dei vari gradi di loro felicità, o gli appariscono distribuiti ed aggruppati, secondo i rispettivi meriti, nei sette cieli planetari attraverso i quali egli ascende, diretto verso il Trono di Dio, passando in drammatica rassegna le innumerevoli schiere dei celesti abitatori, e provando egli stesso i medesimi sensi di gaudio luminoso od intuizione del Divino, che son propri dei beati.

Nei cieli astronomici, a ciascun dei quali è preposto un correlativo spirito magno (a Venere il casto Giuseppe; a Giove, Mosè; a Mercurio, Gesù verbo di Dio; ecc.), e nelle varie sedi celesti per cui ascende, il nostro pellegrino incontra alcuni dei Profeti biblici (Adamo, Enoc, Idríis, Abramo, Mosè Aronne, Ezechiele) circondati da moltitudini di anime che nel mondo ne furon seguaci; incontra altri personaggi biblici (Maria madre di Mosè, Maria Vergine) e musulmani (Bilàl il primo muezzíno di Maometto, il pio califfo abu Bekr, Zaid figlio di Hàritha uno dei primi compagni del Profeta); e poi un grandissimo numero di uomini e donne, di varia condizione, classe sociale, dottrina e professione, principalmente letterati, grammatici, poeti celebri nella storia dell'Islám, ed anche altri,

44

contemporanei e conosciuti personalmente dal viaggiatore d'oltretomba, suoi conterranei od amici trasfigurati nella luce celestiale. Venuto alla presenza del primo padre Adamo, Abdalla s'intrattiene con lui precipuamente e lo interroga intorno alla primitiva lingua parlata dal genere umano nell'Eden. Dall'alto dei cieli Gabriele invita il suo compagno a contemplare in giù ai suoi piedi, nella lontananza sterminata, il nostro mondo creato, la terra; che Abdalla si meraviglia di trovare così piccola e meschina in confronto dell'immensità dello spazio.

Come aveva già fatto con i dannati, e con le anime purganti, Abdalla va incontro, interroga, apostrofa o risponde agli spiriti beati, identificandoli un per uno e nominandoli or con l'aiuto della sua celeste guida, or facendosene ragguagliare dai personaggi stessi o dai loro compagni di pene e di gloria. Con le anime egli conversa, intrattenendosi sui fatti della loro vita in questo mondo e nell'altro, sulle loro gioie o dolori, su problemi teologici, su temi letterari, sui misteri d'oltretomba, con allusioni alla cabala matematica e alfabetica, alla magia ed alchimía, informando le sue domande e la sua narrazione a esposizione di dottrina enciclopedica, a spirito di edificazione didattica e simbolica, imprimendo così al suo viaggio visionistico il doppio carattere d'allegoria e di realtà storica.

Al giungere in ogni cielo, il pellegrino protagonista della visione musulmana, come ogni anima di beato ascendente all'Empireo, subisce un esame particolare sopra ciascuno dei precetti della legge islamica: Fede, Preghiera, Elemosina, Digiuno, ecc. Superato questo esame di dottrina e di coscienza, Abdalla giunge in vista dell'"albero Paradisiaco e della felicità": strano e immenso albero, capoverso, dalle radici spazianti nell'ultima sfera del cosmo astronomico e dai rami prolissi, pendenti attraverso i gradi e mansioni celesti, sì che ogni eletto rappresenti quasi una foglia del mistico vegetale.

Arrivato in prossimità del trono di Dio, l'angelica guida abbandona Abdalla, che nell'ultima tappa della sua scensione viene elevato pel ministero d'una luminosa ghirlanda spiritale, sino all'apoteosi finale o Epifania della Divinità. Dio appare, all'apice spirituale della gloriosa ascensione, quale un foco di luce vivissima sfolgorante, circoncinto da nove circoli concentrici, formati da strette e dense file di innumerevoli spiriti angelici sfavillanti: raggi di luce: una delle file circolari più vicine al centro è quella dei Cherubini; ogni circolo cinge quello immediatamente inferiore, e tutti e nove roteano senza sosta all'intorno dello sfolgorante foco divino.

Due volte contempla Abdalla lo spettacolo di questa grandiosa apoteosi: una volta da lontano, prima di giungere alla fine del suo mistico viaggio, e l'altra direttamente, immediatamente di fronte al trono di Dio. La estatica beatissima visione dapprima gli abbaglia e quasi gli acceca la vista; la quale tuttavia, a poco a poco, resasi più acuta e affinata, gli permette di penetrare via via più a fondo sino all'intimo del rutilante incendio chiuso nel punto divino, di fissarlo e contemplarlo in maniera continua e sicura. Questa divina inscrutabile essenza, pare al mistico viatore di vedere effigiata o raffigurata in tre cerchi rotanti in sul medesimo piano, quantunque eccentrici l'uno all'altro, simbolizzanti la Materia spirituale, e l'Intelletto universale, e l'Anima universale, che possono altrimenti denominarsi l'Essenza, la Volontà, e la Parola di Dio. Ma egli si sente poi incapace di descrivere e precisare ciò che ha veduto: solo ricorda che provò nella sua contemplazione come un'estasi profonda o letargo spirituale, preceduto da intenso gaudio. – E la visione ha fine.

*

*  *

45

Chi legga questo riassunto unificatore, che abbiamo raccolto e compilato nelle precedenti pagine con la maggiore possibile brevità e completezza dalla parte principale e fondamentale della Memoria dell'Asin, non può fare a meno, a prima giunta, di riconoscervi innegabilmente, o un abbozzo, o un riflesso della Divina Commedia. L'Asin lo presenta come un abbozzo, un disegno originale ed elementare che Dante avrebbe conosciuto, imitato, sublimato con la sua arte sovrana; noi lo riteniamo piuttosto, nella sua unità artificiale, come un riflesso, un'ombra delineata sullo schermo della erudizione escatologica musulmana dell'Asin dallo studio assiduo, amoroso bensì, ma inficiato da preconcetto e da illusione islamica, dell'opera dantesca. Ond'egli ha finito per "trattare l'ombra come cosa salda". – Ma qui conviene spiegare e distinguere il nostro forse "troppo chiuso" discorso.

La leggenda o visione islamica dell'Ascensione di Maometto o, come possiamo chiamarla con termine convenzionale e più comprensivo, il viaggio romanzesco teologico di Abdalla per i regni d'oltretomba, non ha mai rivestito la forma unica e completa che noi gli abbiam data, e perciò non è mai esistito nella redazione su esposta. Nè l'Asin ha mai lontanamente preteso ciò; anzi egli ha fedelmente raggruppato, distinto e analizzato, ciclo per ciclo, le varie redazioni tradizionistiche, le elaborazioni letterarie, teologiche e mistiche della leggenda escatologica musulmana, istituendo e svolgendo, passo a passo, per ogni ciclo e per ogni redazione, il raffronto con la Divina Commedia, raccogliendo le sue osservazioni in sintesi parziali alla fine d'ogni sezione, e queste in una sintesi generale di tutte le particolari analogie, relative, alla architettura dell'oltretomba, alla decorazione topografica, alla simmetria della concezione, agli episodi e scene particolari, e concludendo che la letteratura islamica contribuisce a spiegare da sè sola più enimmi danteschi, che non le altre letterature prese insieme.

Ma se il nostro racconto sincretistico e sommario non è imputabile all'Asin direttamente, è per altro stato messo assieme con i medesimi criteri di selezione e compilazione, da lui adoprati, scegliendo e spigolando, sdoppiando con sfaldature e abbinamenti e unificando, stemperando e ricomponendo i frammenti leggendari e visionistici in ibridi conglomerati, arbitrariamente "per maggior suggestione dimostrativa"; di maniera che tutti gli elementi per sè presi, a uno a uno, ed anche molti degli aggruppamenti parziali, risultano autentici, effettivamente attinti alla letteratura escatologica islamica, ma formano nel loro insieme da noi compilato ed inquadrato, un complesso del tutto artificiale, immaginario: sono il romanzo del romanzo. L'Asin per vero non l'ha scritto, ma l'ha avuto in mente, insinuando, senza sostenerlo esplicitamente, che un cotale riassunto possa Dante aver avuto davanti, o essersi da sè foggiato, più o meno consapevolmente, ed aver preso a soggetto o modello di sistematica imitazione.

La quale ipotesi potrebbe avere un fondamento di verità, solo se si riuscisse a dimostrare, o almeno a sostenere come probabile o verosimile, che Dante potesse conoscere tutta quanta codesta letteratura escatologica musulmana, dove noi abbiamo, dietro l'orme e l'esempio dell'Asin, mietuto e spigolato. Ma siffatta conoscenza nessuno, nemmeno l'Asin, oserà attribuire a Dante, nè diretta nè indiretta; e perciò tutto l'edifizio ipotetico, costruito dall'arabista spagnuolo con tanta erudizione e tanta industria persuasiva, si risolve in un castello di carte, se veramente vogliam fargli rappresentare quello che non è mai potuto essere, il prototipo o modello ispiratore della Divina Commedia.

Senza ripetere ciò che fu detto, con la dovuta modestia e discrezione, nel nostro opuscolo su citato, o quanto più particolarmente aggiungemmo nella continuazione e conclusione di esso (nell'apposito articolo Dante e l'Islám, che vedrà la luce in questi giorni tra gli Scritti scelti pubblicati in onore di Dante per cura della "Rivista di filosofia neoscolastica", Milano, 1921) intorno alla tesi fondamentale dell'Asin, ci contenteremo, in questo presente scritto espositivo anzichè critico e tanto meno polemico, di accennare innanzi tutto all'assoluta impossibilità che l'Alighieri o altro qualsiasi letterato o dotto, in Italia e fuori d'Italia nel mondo cristiano, possedesse, direttamente o indirettamente, tanta e siffatta erudizione musulmana, quanta ne raccoglie e mette in opera l'Asin, traendola non già da una o alcune opere di quella speciale letteratura, ma da una molteplicità e varietà stragrande di scritti arabici, di varia età e luogo di origine, dell'Oriente ed Occidente islamico. Se anche Dante avesse saputo d'arabo (che non è dimostrato, anzi si può dire il contrario), se anche avesse potuto (che è logicamente e storicamente impossibile) accedere da sè, o con l'aiuto altrui, a questa vasta letteratura tradizionalistica, teologicomistica, così irta anche per gli orientalisti d'oggi di difficoltà stilistiche e lessicali: dove mai avrebbe egli trovato questi volumi raccolti insieme, in quale biblioteca d'Italia al suo tempo? Dubito che persino nella Spagna, nel trecento, fosse una biblioteca così fornita e specializzata in scritti di escatologia musulmana, salvo che si conservasse ancora in Cordova, cosa del tutto inverosimile, la ricchissima biblioteca del califfo ommiade alHakam (961976 di Cr.), della quale gli storici andalusi (per es. alMaqqari) narrano mirabilia, calcolando a circa 400 mila i volumi ivi raccolti: il solo catalogo abbracciava 44 volumi, ciascuno di 20 quaderni! – Ma in Italia?

Pensiamo se tutto questo materiale librario arabo musulmano potesse lontanamente essere noto o anche soltanto accessibile a Dante, il quale non seppe forse mai nemmeno del Cid Campeador, ed ignorava perfino che gli spagnuoli del suo tempo, quelli di Leon e di Castiglia o Spagnuoli propriamente detti, avessero una particolare loro lingua letteraria!

*

* *

Consapevole di questa insuperabile difficoltà fondamentale, che rende inutili tutte le altre, e ne risparmia perfin l'enunciazione, l'Asin nel corso della sua ricerca e della sua memoria, è andato via via limitando e scorciando il campo delle sue comparazioni, determinando e accentuando l'ipotesi di filiazione o imitazione dantesca negli scritti del mistico murciano (morto nel 1240) Muh i addín ibn Arabi, poligrafo, autore di versi d'amore commentati poi e spiegati da lui stesso quali allegorie mistiche, di visioni e trattati vari di filosofia mistica. Questi scritti l'Asin riassume, traduce saltuariamente, analizza, commenta, illustra in tutto ciò che si riferiscono alla vita d'oltretomba, al simbolismo di visioni escatologiche o ascensioni allegoricomistiche, particolarmente dal suo Libro del viaggio notturno, dalle Rivelazioni Meccane, e dalle Provviste e cose preziose, e sopratutto per quanto concerne la descrizione e figurazione della vita celestiale, l'architettura dei tre regni, specialmente dell'Inferno e del Paradiso. Dei quali in particolare ibn Arabi lasciò nelle sue opere, come si scorge ancora in alcuni manoscritti, vari piani e schizzi geometrici, che coincidono esattamente, afferma l'Asin, con quelli tracciati dai moderni dantisti ad illustrazione della D. C.

Così l'Asin, restringendo il campo di eplorazione, e d'altro canto moltiplicando e intensificando, tra ibn Arabi e Dante, i raffronti, le coincidenze, le analogie, le somiglianze, le corrispondenze, crede agevolarglisi il compito di provar la sua tesi d'ispirazione e imitazione dantesca, di una vera fonte cioè orientale e musulmana della D. C, non s'avvedendo che anche nell'ambito più limitato, il quesito ritorna identico e insolubile. Maggiore infatti è il numero di queste, vere o pretese, rispondenze; più larga e più profonda la comparazione paritetica o parallelo unificatore di episodi concreti, immagini o simboli precisi, di linee architettoniche, criteri morali ed estetici, perfino di dottrine e teorie artistiche e letterarie, tra gli scritti di ibn Arabi e quelli dell'Alighieri (del quale si attrae nel raffronto

47

dell'Asin tutto il pensiero e tutta l'opera, investendovi persino correnti generali di idee e di princípi del suo secolo): e più difficile, meno credibile, anzi impossibile, riuscirà l'affermazione che Dante abbia accolto ed imitato, nel suo Poema, tutti questi svariatissimi elementi, – salvo a poter provare ch'egli veramente conobbe, direttamente o indirettamente, tutta l'opera di ibn Arabi. Il che nemmeno l'Asin si prova nè si sente di sostenere.

Come invero, dove, quando e da chi, Dante avrebbe avuto notizia precisa, sicura, sostanzialmente completa, seppur sommaria, degli scritti di questo teosofo mistico andaluso, che visse la maggior parte della sua vita in Oriente, della cui attività letteraria e perfin del nome suo nessuna traccia troviamo in tutto l'Occidente cristiano, nè durante la sua vita, nè dopo mai, nemmeno presso quei pochi tra noi che sapevan d'arabo e s'occupavan direttamente di letteratura musulmana, per ragioni polemiche o scientifiche? Scritti, di cui sino ai nostri giorni nessuno ci risulta esser mai stato tradotto in nessuna delle lingue d'Occidente: testi irti di termini propri della lingua artificiale creata dai Sufi, o mistici musulmani, sotto l'influenza della filosofia greca neoplatonica e la volontaria ricerca delle oscurità, destinata a sviare i rigori dell'inquisizione ortodossa; "vere equazioni d'algebra filosofica", come le ha definite uno spiritoso islamista.

L'Asin ha sentito tutto il peso di questa inchiesta, e pur sfuggendo di darle precisa risposta, mentre per la conoscenza generica della Visione di Maometto o Miirág congettura il veicolo informativo di Brunetto Latini (e più verosimile a noi sembrerebbe quello di Ricoldo, od altro siffatto), riguardo ad ibn Arabi è costretto ad almanaccare qualche ignota e parziale traduzione latina, scritta o forse piuttosto verbale, di qualcuno, giudeo o cristiano, intendente d'arabo, e che leggesse e interpretasse a Dante gli scritti del mistico di Murcia, o piuttosto quelli di qualche suo discepolo e continuatore, quale il già menzionato ibn Sabiín della corrispondenza con l'imperator Federico.

Strano è che l'Asin non abbia piuttosto pensato e insistito, a questo proposito, sul terziario francescano Raimondo Lullo, il vero erede spirituale di ibn Arabi in Occidente, l'ardente apostolo di Maiorca, conoscitore sicuro e scrittore di lingua araba non meno che di latino e di catalano; del quale lo stesso Asin, in un suo precedente lavoro, ed il Ribera avevan già studiato la filosofia e la mistica in rapporto con la filosofia, la teologia e la mistica musulmana, in particolare di ibn Arabi; il Lullo che fu più volte in Italia, e vi restò a lungo (molti manoscritti di sue opere si conservano ancora oggi nelle nostre biblioteche), a Genova, a Pisa, a Roma, proprio durante gli anni nei quali la vita dell'Alighieri si svolgeva nel versante occidentale degli Appennini. Già prima ancora dell'Asin e del Ribera, l'acuto e geniale Ozanam aveva ben caratterizzato l'importanza e la funzione trasmettitrice di R. Lullo come dialettico e come mistico. "Questo dottore nato sotto il cielo di Maiorca e in vicinanza della dominazione musulmana, avendo corso in lunghi viaggi sulle coste d'Africa e in Levante, s'era infocato a tutti gli ardori del misticismo arabo e alessandrino: questi ardori egli raggiava e diffondeva a sua volta tra la folla, che l'ammirazione della sua vita avventurosa riuniva avida attorno a lui".

Senonchè tra il Lullo e l'Alighieri, nessuna traccia o indizio di rapporto, personale diretto o indiretto: se anche si fossero mai incontrati e avessero avuto occasione di comunicare fra di loro, abbiam l'impressione che si sarebbero vicendevolmente scansati e sfuggiti; tanto le due psicologie eran diverse e contrarie.

Quanto a Brunetto Latini, è del tutto inverosimile che abbia potuto mettere a disposizione di Dante testi originali (e tanto meno traduzioni) di escatologia musulmana. Egli conosceva solo libri latini e francesi, al più qualche compilazione mozarabica (i particolari sulla vita di Maometto, menzionati dall'Asin come usciti dalla penna di Brunetto, furono invece inseriti nella traduzione italiana o versificazione del Tesoro e attinti, sembra, alla Leggenda aurea) in Spagna egli si trattenne pochissimo (come rileva il Torraca dalla sua esplicita dichiarazione nel Tesoretto "e poi sanza soggiorno, – ripresi mio ritorno"); e finalmente di quel poco che vide o udì, potè, tornato in Firenze, raccontare al "discepolo" solo venti e più anni dopo: figuriamoci con quanta verosimile esattezza e abbondanza di particolari.

*

* *

Ma questa, od altra che si adduca, è una spiegazione del tutto ipotetica, immaginaria, non confortata da verun elemento storico o paleografico, da nessun argomento persuasivo: una spiegazione che non spiega nulla, e che in fin dei conti non è sostenuta nemmeno dalla necessità impellente di trovarne una. Giacchè niente al postutto ci obbliga a postulare od argomentare che Dante avesse questa conoscenza: tutto quanto anzi sappiamo di lui, della sua vita, dei suoi studi, dei suoi gusti letterari, dei suoi spedienti artistici e drammatici nel Poema, c'induce ad escluderla. Nè i così detti enimmi danteschi sono poi tali, che si debba cercare la chiave assolutamente nella letteratura escatologica e mistica musulmana, della quale con tutta probabilità Dante non ebbe la menoma nozione.

Poco o punto verosimile ci sembra persino che l'Alighieri avesse una qualche contezza, chiara e precisa, delle leggende correnti nel mondo musulmano intorno al Miirág, già pur in qualche modo volgarizzate in Occidente da Pier Pascasio e da Ricoldo da Montecroce, o anche soltanto dall'Ascensione del Profeta, sia come visione o pia credenza, sia come fatto ritenuto "sensibilmente" vero e storico dai fedeli musulmani; nel qual caso sembrerebbe probabile che un qualche accenno od allusione Dante avrebbe pur fatto nella Commedia, o là dove incontrasi e parla con Maometto, o nel prologo stesso dove menziona due precedenti, ben diversamente accreditate, peregrinazioni per i regni d'oltretomba, quella di Enea e quella di S. Paolo. L'episodio di Maometto in Malebolge, a esaminarlo con qualche modesto acume critico anche dal lato o aspetto psicologico, riesce per questo riguardo precipuamente significativo.

Il Maometto dantesco non ha nulla d'orientale e d'arabo, altro che il nome e la compagnia del fido Alì: nel suo atteggiamento, nel gesto, nelle parole, nel pensiero, nulla che richiami la sua personalità, storica o leggendaria, di profeta o pseudoprofeta arabo, corifeo e iniziatore d'un sovvertimento sociale e religioso, quale fu l'Islám, che quasi cambiò faccia al mondo. Nessun ricordo in lui della passata grandezza, della vita fortunosa; nessun accenno alla storia strepitosa del suo popolo e dei suoi successori, i grandi Califfi, all'immenso impero mondiale, conquistato da poche torme di laceri predoni appena usciti dall'originaria riarsa penisola, ai milioni e milioni di uomini che veneravano ancora nel mondo il suo nome, che lottavano e morivano per assicurare il trionfo della sua parola, della sua "proclamazione" o Corano contro il Vangelo. Tutto il suo passato, tutto il trascorso e recente cozzo di armi e di popoli in Oriente e in Occidente, pro' e contro il suo nome quale "segnacolo in vessillo" in contrasto con quello del Cristo, le Crociate, il flusso e riflusso sanguinoso dei verdi e bianchi e neri stendardi per il Mediterraneo, per tutte le costiere d'Africa, d'Italia, di Spagna; la società, la civiltà, la letteratura da lui denominate: tutto ciò non esiste pel Maometto dantesco nemmeno per ombra, nemmeno in iscorcio o di sbieco o in lontananza.

L'unico pensiero che gli sopraggiunge nella mente, e che gli fa "sospendere un piè", quando viene a sapere che Dante non è già un dannato, sì un vivo che "forse" rivedrà presto il sole: l'unica premura

49

e desiderio ch'egli esprime senza indugio ("Or di' dunque"), cogliendo quasi a volo l'occasione di questo insperato messaggero o veicolo trasmettitore, è – chi lo avrebbe immaginato? – di avvertire Frà Dolcino da Romagnano che in tempo si provveda di vettovaglie, se non vuole, sopraffatto dai Novaresi, ben presto raggiungerlo nella bolgia infernale. Non dunque le Crociate contro i musulmani, così famose e che, al principio del trecento, v'era ancora in Italia e attorno a Dante chi predicava e sosteneva, ma la piccola provinciale crociata contro i cosí detti Apostolici: ecco ciò che desta interesse in questo accismato Maometto. Il quale, predicendo la prossima sconfitta di frà Dolcino a monte Zebello, non fa bene scorgere se sia mosso da peccaminoso desiderio che la nuova eresia trionfi (in quali mai rapporti o analogie poteva essa considerarsi con la nequizia della legge islamica? – forse nella vera o presunta licenza dei rapporti sessuali?); o se ironicamente sfoghi una gelosa compiacenza che essa resterà annientata.

Questo strano interessamento ci sorprende quasi come un anacronismo storico geografico, quasi altrettanto come se Virgilio alla naturale domanda di Maometto ("Ma tu chi se' che in sullo scoglio muse?") soddisfacesse indicando nome, cognome e patria di Dante. Questa strana psicologia, in contrasto con i più chiari e naturali criteri di convenienza storica e drammatica, a cui troviamo pur sempre ligia l'arte dantesca nella rievocazione e rappresentazione delle sue dramatis personae, quando non si riducano a meri simboli o a nudi nomi, semplici comparse nella economia del poema (dove invece ognuno dei beati o dei reprobi o delle anime purganti porta di là il suo proprio mondo morale, intellettuale, storico, geografico: un nucleo cioè di realtà storica che serve di supporto anche alla trasfigurazione ideale o fantasma poetico): questa incongruente ed incolore, quasi anacronistica psicologia si spiega soltanto, ci sembra, con la completa e assoluta ignoranza o indifferenza, che doveva essere in Dante, della vera e reale figura di Maometto, dell'ambiente naturale, etnico e storico in cui visse il Profeta d'Arabia, della importanza ed efficacia personale ch'egli ebbe sui destini del mondo. Dante non conobbe di Maometto press'a poco altro che il nome e, vagamente, la sua opera, nella parte più politica e militare anzichè religiosa, disgregatrice e scismatica, cioè amputatrice della unità cristiana.

Se altro egli avesse saputo intorno a lui, di preciso e concreto, di storico o leggendario, di essenziale alla figurazione poetica, sarebbe venuto fuori in qualche modo, in prospetto o in scorcio, in parola aperta o sottintesa, attraverso questo episodio della Commedia, dove la scena è disegnata, colorita e svolta con ampiezza nei suoi particolari, dove Virgilio interviene nel dialogo – da una parte muto e mimico, dall'altra parlato e sceneggiato – tra il poeta e il seminatore di scandalo e di scisma (non già, si badi, eresiarca!), per prevenire l'incredulità di Maometto, assicurandolo con vivace asseveranza ("E questo è ver così com'io ti parlo"), ch'egli morto conduce uno ancor vivo e non dannato, attraverso tutto l'Inferno, "di giro in giro", non già per tormentarlo, ma "per dar lui esperienza piena", cioè per dargli conoscenza completa e diretta del male, del peccato e dei suoi effetti, della sua punizione eterna, della eterna vendetta o giustizia di Dio, della sua terribile onnipotenza. Notiamo: non era tale appunto, anzi medesimo, lo scopo attribuito, casualmente quasi con le medesime parole, già nel passo originale del Corano, e tanto più chiaramente nelle redazioni posteriori, al viaggio miracoloso o visione di Maometto per i regni d'oltretomba? Se di questa tanto diffusa e favoleggiata peregrinazione o visione del dilaccato caposcismatico, Dante avesse avuto, non dico già la profonda e compiuta conoscenza che gli attribuisce l'Asin, ma una qualche pur vaga notizia; non l'avrebbe egli, in sì opportuna sede ed occasione, in qualche modo espressa, messa innanzi o fatta trapelare, per menzione o per allusione, per bocca di Virgilio, o sua propria, o di Maometto stesso, con qualcuna di quelle maliziose insinuazioni o reticenze eloquenti o acerbi sarcasmi, in cui il poeta era maestro insuperabile?

Se non lo ha fatto è, per noi, sicuro indizio – lo ripetiamo – che nulla egli ne seppe mai, o nulla ne ricordò. Altrimenti, se qualche pur esiguo fondamento potesse avere la congettura specifica dell'Asin, bisognerebbe concludere proprio con l'assurdo morale, con l'impossibile: ammettere cioè che l'Alighieri venisse a conoscenza, per una via a noi occulta e ragionevolmente inimmaginabile, degli scritti di ibn Arabi, ne utilizzasse largamente il contenuto leggendario, poetico, architettonico, plastico, simbolico, e poi cancellasse con la cura più meticolosa ogni traccia della sua illegittima appropriazione, nascondesse la mano, come il più astuto e consumato plagiario.

S'aggiunga l'osservazione che Dante qua e là nel corso della Commedia, e talvolta proprio in episodi, immaginazioni o rappresentazioni, di cui l'Asin vede il prototipo o modello, più o men vicino, nelle leggende musulmane, Dante afferma esplicitamente l'originalità e indipendenza delle sue concezioni:

L'acqua ch'io prendo giammai non si corse... (Par. I)

E quel che mi convien ritrar testeso

Non portò voce mai nè scrisse inchiostro,

Nè fu per fantasia giammai compreso... (Par. XIX, 79), ecc.

Al plagio avrebbe egli dunque aggiunto la più spudorata menzogna? Ragioni di critica storica e letteraria, di logica e di buon senso, ed anche di elementare rispetto all'onestà di Dante, ci proibiscono recisamente di accogliere la tesi precipua dell'Asin sui rapporti tra l'Alighieri e ibn Arabi.

*

* *

Potè Dante avere qualche nozione di concetti, immaginazioni, fantasticherie escatologiche orientali per altra via che non la letteraria, attraverso le varie sette religiose od eresie del suo tempo, o di poco a lui anteriori (alcune arrivate a Firenze stessa), e che dicemmo già commiste di elementi originari dall'Oriente, specialmente gnostici, e quindi di lontana provenienza iranica? Non pare. Quale fosse l'atteggiamento dell'Alighieri verso gli "sterpi eretici" (Par. XII, 100), ha indagato acutamente il Tocco nei suoi vari scritti sull'eresia nel medioevo, e in particolare nell'opuscolo Dante e l'eresia; dove, domandandosi perchè mai nella D. C. non si trovi veruna menzione o cenno nè dei Catari nè dei Patarini del suo tempo, nè di Pietro Valdo, o di Arnaldo da Brescia o di Jacopone da Todi e simili figure, con cui lo spirito dantesco aveva innegabili affinità di pensiero e di sentimento, concludesi che l'Alighieri dovette avere dell'eresia un concetto vago, e par che storicamente poco la conosca; e se anche di qualche eresia del suo tempo ebbe contezza, non ne fece gran caso, non potendo lo spirito di lui, misurato ed equilibrato anche nei suoi impeti e negli scatti di sdegno, sentire alcuna simpatia per le intemperanze ereticali e i fanatismi settari, avversi quasi sempre, e tanto più in quell'età, all'ordine costituito, alla serena libertà dello spirito, agli studi, all'amore, a quanto insomma gli uomini hanno di più prezioso nella vita sociale e di più caro. Dante, poeta innanzi tutto, uomo dotto e cittadino operoso, era più per il movimento filosofico e politico del suo tempo indirizzato ai tre noti scopi civili di progresso (la libertà del pensiero, l'autonomia dello stato, la riabilitazione della vita, di questa vita che è passeggiera bensì, ma proemio e condizione essenziale a quella oltreterrena ed eterna), anzichè per il movimento polemicoreligioso od eretico. Egli fu e rimase e si sentì sempre, pur nel libero giro

51

del suo libero pensiero, fondamentalmente, radicalmente, incrollabilmente cattolico; e come tale riscuote, nel suo esame teologico, il plauso di tutta la corte celeste, e può senza "jattanza" mettere in bocca a Beatrice la solenne affermazione in sua lode:

La Chiesa militante alcun figliuolo

Non ha con più speranza (Par. XXV, 5253).

Da quest'altezza di virtù teologale e d'irreprensibile ortodossia, come poteva l'occhio grifagno di Dante posarsi con simpatia spirituale sulle aberrazioni eretiche nel seno della cristianità, e tanto meno poi (se mai le conobbe, come vorrebbe sostenere l'Asin) sulle caotiche fantasmagorie misticoletterarie dell'Islám, improntate di panteismo, d'emanatismo e di altre follie filosoficoteologiche d'una religione, o piuttosto "nequizia", che è, nel suo fanatismo dommatico, così negativa ed avversa alla speranza cristiana, alle dottrine cristiane della responsabilità individuale e collettiva delle anime, del libero arbitrio, della Redenzione?

*

* *

Ma se Dante non ebbe, come a noi sembra indubbio, nessuna conoscenza immediata, nè mediata, nè diretta, nè indiretta ma consapevole, della letteratura musulmana escatologica e visionistica, coranica e teologomistica del tempo suo o a lui anteriore: come si spiegano allora le numerose innegabili rispondenze, analogie, somiglianze, riscontri e talvolta persin medesimezze, avvertibili tra il materiale escatologico letterario dell'Islám (i cui elementi abbiam su trascelti e composti) e la D. C.? – quel fondo comune di idee, d'immagini, di figurazioni, di concezioni architettoniche, topografiche, morali, rappresentative che restano altrettanto certe, pur fatta la più scrupolosa tara e cernita nei raffronti accumulati dall'Asin? È una legittima domanda, che reclama anch'essa la sua risoluzione; la quale non è facile a dare nella sua completezza (tanto meno in una esposizione sintetica e generale come la nostra), appunto perchè ci manca ancora quello studio preliminare, di cui sopra accennammo, sulle leggende arabopersiane di escatologia musulmana e quelle latine coeve o precorritrici della D. C., tanto in comparazione fra loro, quanto e specialmente nelle loro fonti primigenie od origini, da ricercarsi nelle civiltà o letterature religiose più antiche (dove più intenso si svolse il culto dei trapassati e le indagini sull'enimma morale della morte) quali la indiana, la greca, la giudaica, l'egiziana, la ellenisticacristiana: problema letterario e storico questo d'importanza capitale e tutt'altro che "secondario e quasi estraneo al nostro attuale obiettivo", come sostiene l'Asin toccandone appena e di volo.

Dopo aver dimostrato, com'era agevole fare, la irrealtà e l'impossibilità d'influenze dirette e immediate del pensiero islamico su Dante nella parte propriamente letteraria, estetica, simbolicomistica, dobbiamo dunque riconoscere che il problema delle tante e svariate analogie e somiglianze additate dall'Asin fra la letteratura escatologica musulmana e la D. C., resta per noi spostato, ma non risolto: giacchè in fondo la questione diventa tutta predantesca, e s'allarga a tutto il campo del pensiero latino medievale ed a tutti gli elementi di mutua infiltrazione tra le due società musulmana e cristiana, in tutti i loro fattori e veicoli di vicendevole trasmissione. Bisognerà dunque ricercare e illustrare, con una serie di monografie, tutti gli elementi musulmani (siano autoctoni ed originali dell'Islám, siano prodotti d'importazione e trasmissione straniera) entrati nel pensiero e nella vita cristiana d'Occidente (economici, agricoli, industriali, civili, militari, cavallereschi, dottrinali,

52

scientifici, artistici, estetici, stilistici, leggendari, religiosi, ecc.) per tutte le vie e per tutte le parti. Finchè siffatte ricerche non siano istituite e compiute, e determinato per ogni serie il come, il quanto, il quando e per qual via, noi dobbiamo accontentarci di ritenere, per conclusione logica e per esclusione a priori, che Dante trovasse questi elementi già trapiantati, inseriti, acclimatati, assorbiti nella cultura del suo tempo e del suo ambiente, e li utilizzasse senza aver consapevolezza della loro provenienza musulmana, come utilizzò e fuse nel suo poetico mondo altri elementi ellenici, ebraici, ecc., nutrendo fors'anche talvolta la persuasione o l'illusione di averli egli stesso inventati e plasmati. Non altrimenti il Boccaccio, e più tardi e in maggior copia l'Ariosto (cfr., fra altro, l'episodio della morte d'Isabella, che sembrerebbe tolto di peso da un passo del geografo arabo alBakri, ma del quale il Rajna mostrò la assai più vicina e più latina provenienza) elaborarono nelle loro opere di poetica fantasia elementi di fatto, episodi od anche schiette invenzioni di lontana indiretta provenienza orientale, senza volerlo e senza saperlo.

Rimandando alla mia particolare rassegna critica già menzionata la spiegazione più o meno sicura delle principali coincidenze rilevate dall'Asin tra la D. C. e la leggenda musulmana d'oltretomba, con la parziale dimostrazione della comune loro origine, parallela o intercomunicante, da fonti anteriori; e riassumendone qui le conclusioni, diremo che il più delle volte, o si tratta di elementi precedentemente cristiani, mutuati dall'Islam e poi rientrati, per così dire come cavalli di ritorno, nel mondo cristiano: nel qual caso, il più frequente, gli Arabi sarebbero debitori anzichè creditori, quali l'Asin li ritiene; ovvero trattasi d'immaginazioni e figurazioni naturalmente e indipendentemente svoltesi per somigliante evoluzione logica nei due campi contigui; o infine di concetti e rappresentazioni derivati da identiche, più o meno lontane sorgenti, da fonti dunque circumfluenti tanto al pensiero di Dante quanto a quello dei teologi e mistici musulmani, che ne attinsero, quale superior quale longe inferior...., ad eundem rivum siti compulsi.

Completando un'altra più comprensiva similitudine ideata dal Vossler, possiamo rappresentarci la letteratura apocalitticoescatologica, anteriore alla D.C. (e distesa su tutte le civiltà umane, in particolare sopra il Giudaismo, il Cristianesimo, e l'Islamismo) quale una polvere d'oro che, caduta qua in fini granelli e là in grossi chicchi, ricoprisse di tenue mobile nube tutta quanta la terra. Dante assorbì da ogni parte, dove l'occhio suo d'aquila potè giungere, o donde le grandi correnti aeree potevan portargliene sino al suo contorno materiale e intellettuale, raccolse e fuse questa polvere celeste e terrestre in un monumento d'oro sonante. Eretto sul vertice dell'evo medio e quasi alla soglia dell'età moderna, questo monumento, veramente "aere perennius" fu disegnato, plasmato e fuso per mano dell'artefice sovrano entro le forme, gli schemi dottrinali, od impronte filosoficoestetiche, della cristianità occidentale. Ma il metallo destinato a rivestire l'immortale idea confluì nella industre fucina (nell'"ardente fornace dell'anima, profonda e ardente come il fuoco centrale del mondo") da ogni parte della terra, potremmo dire dai quattro venti, come le aquile di Roma, come l'anelito di religiosità e di grandezza raccolto dall'Oriente e dall'Occidente, da tutte le genti e da tutti i paesi, nel vasto cuore centrale ed italico del Cattolicismo romano: governo mondiale e religione universale. Chiesa ed Impero, che il pensiero di Dante sublimò, vagheggiò, sia pur utopisticamente, in un supremo duumvirato perpetuo, alla pace ed al progresso del genere umano.

*

* *

Una via, ancora poco o punto studiata, per illustrare o almeno rischiarare la genesi delle figurazioni dantesche dei regni oltremondani, è la storia dell'arte medievale, specialmente pittorica, musiva, alluminatrice, nell'età predantesca. È probabile che più di un segreto delle invenzioni figurative e della fantasia creatrice o iconografica di Dante ci sia una volta o l'altra rivelato da questi studi, che ancora sono nella fase iniziale, e che molto verosimilmente ci spiegheranno anche parecchie di quelle analogie, coincidenze, corrispondenze e magari identità di rappresentazione, rilevate dall'Asin fra la escatologia musulmana e la dantesca, e rimaste enimmatiche alla sola indagine storicoletteraria.

Tutti sanno qual parte cospicua nella cultura giovanile dell'Alighieri ebbe l'arte in generale, la musica in particolare, e precipuamente lo studio dell'arte figurativa. Dante sapeva quasi certamente disegnare, fors'anche dipingere: molto s'intendeva di colore, di plastica pittorica e sculturale, e stretti rapporti personali aveva con artisti, in particolare con miniatori. La sua tavolozza così ricca di tinte, di colori, di sfumature, la sua copiosa nomenclatura cromatica sì varia, propria e precisa, l'ideazione per così dire grafica dei rilievi o altorilievi plastici nei ripiani del Purgatorio, tutta la mirabile struttura architettonica del suo mondo oltreterreno, l'esattezza e precisione rapida nel notare e riprodurre i particolari descrittivi: tutto ciò attesta in lui un gusto, una educazione artistica, una conoscenza tecnica dell'arte del disegno o figurativa veramente straordinaria. Non è dunque naturale che tra le fonti d'ispirazione del suo pensiero e della sua fantasia siano da annoverare le produzioni artistiche del suo tempo, quelle almeno a lui accessibili? E tra queste, non è noto le principali provenire dall'Oriente, o essere sorte sotto influenze orientali, specialmente bizantine? Gli studi recenti di Vlad. Zabughin su questo argomento (Dante e la chiesa greca in "Roma e l'Oriente" 1915, 21123; 1916, 917) ci soccorrono in buon punto, e più la pubblicazione che egli prepara dei Codici danteschi istoriati della Biblioteca vaticana e d'altre biblioteche d'Italia, e di cui ha dato una breve ma sostanziale notizia in un suo articolo Dante e l'iconografia medievale d'oltre tomba, apparso nel "Corriere d'Italia" 22 febbraio 1920, e sviluppato nella Prefazione o primo fascicolo di questo magistrale lavoro (Roma, Alfieri e Lacroix, 1921).

L'Oriente cristiano antico poco o punto interessò Dante, il quale assai scarsa attenzione presta ai fasti della cristianità orientale; quantunque non gli mancasse la possibilità di procacciarsi notizie intorno ai santi e ai reprobi della Chiesa greca, pure nella D. C. appaiono, in prospetto o in iscorcio, poche e insignificanti figure di essi: Fotino (che, secondo il Buti, habuit errorem Macometti!) l'eretico consigliere del papa Anastasio (Inf. XI, 9; ma nè Fozio nè Cerullario!); "il metropolitano Crisostomo" (Par. XII, 136 e segg.), e il "contemplante" – per quanto storicamente problematico – Macario (Par. XXII, 49). Ma se Bisanzio occupa un posto più che modesto nelle reminiscenze letterarie di Dante, non si può dire altrettanto di quelle artistiche. Vivendo gli ultimi suoi anni fra Verona e Ravenna, fra tanto splendore di fulgidi ricordi bizantini, è probabile che Dante abbia potuto derivare la sua splendida visione della Costantinopoli giustinianea (Par. VI), in parte almeno, dal celeberrimo mosaico di San Vitale: questa fonte pittorica sì eloquente ci aiuterebbe ad intendere perchè mai Giustiniano assurga insieme a Cacciaguida agli onori della sdoppiata figura d'Anchise, mentre Carlo Magno (Par. VI, 96; XVIII, 43; Inf. XXXI, 17; Monarchia III, XI, 113), il restauratore dell'impero d'occidente, passa innanzi all'Alighieri come fuggevole fiammella.

Ma specialmente nella rappresentazione dei Novissimi in Occidente, e nella iconografia dantesca d'oltretomba, scorgiamo innegabili traccie dell'influenza artistica bizantina, trovandosi l'Italia e Dante alla confluenza, o linea di contatto, fra due irradiazioni o tradizioni artistiche: l'una orientale, proveniente appunto da Bisanzio, attraverso la diretta dominazione politica e militare di quella capitale, o attraverso l'immigrazione del monachismo basiliano; l'altra, occidentale o anglosassone, che viene dall'Irlanda attraverso la Francia.

Occupandoci soltanto della prima, osserviamo (sempre dietro la guida del Zabughin) nell'Inferno la figura di Gerione. Il "tergeminus Geriones" dell'Eneide (VIII, 212) con i suoi "nodi e rotelle" dipinti su tutta l'epidermide, con le sue "branche pilose" fino alle ascelle e la "venenosa forca" da scorpione (Inf. XVII, 1315; 2627), ci appare quale svolgimento della echidna del Fisiologo o antico bestiario, e precisa traduzione poetica del serpente allegorico che nelle rappresentazioni pittoriche del Giudizio Universale, nei nárteci e sui muri occidentali delle chiese bizantine, distende le sue volute coperte di cerchietti, entro cui apposite scritte enumeravano, a guisa di bizzarro catalogo criminale, i vari peccati puniti o da punirsi dalla fiamma infernale. Anche il cetaceo di Giona e la serpe tentatrice dei primi parenti hanno nella pittura bizantina i cerchietti dipinti sulla pelle. – Nel Purgatorio l'elegante "geroglifico" dei due fiumi paradisiaci, il Letè e l'Eunoè, sostituito dall'Alighieri alla tradizionale quadripartizione idrografica del Paradiso deliziano, può essersi ispirato ai due fiumi paradisiaci, Gior e Dane, della tradizione pittorica bizantina. – E finalmente in perfetto accordo col canone artistico bizantino Dante si mostra in un episodio o quadro d'importanza cardinale, nella figurazione e ripartizione cioè della "corte celeste" per entro i petali della mistica Rosa, intonata appunto alle rappresentazioni del Paradiso nelle iconi greche e slave, e specialmente, si badi, alla parte bizantina, o certo bizantineggiante, del celebre mosaico del Battistero Fiorentino. Questa pittura, che Dante ebbe agio di ammirare spesso e sin dalla prima infanzia, si può dire contenga in germe la visione della D. C., almeno altrettanta quanto il VI canto dell'Eneide; e certo è la più importante tra le figurazioni pittoriche dell'oltretomba che poterono ispirare l'architettura del poema dantesco: è forse la fonte iconografica principe della D. C.

Ma se si può dire che Dante si trovi a contatto dell'Oriente cristiano solo nell'arte, e questo contatto fu inconsapevole, perchè avvenuto attraverso l'arte del rito latino, in quanto l'orizzonte ecclesiastico del poeta rimase interamente e strettamente latino; si rifletta d'altra parte alla possibilità, facilità e molteplicità, che gli si offrirono in Ravenna o alla corte di Can Grande, di aver sotto gli occhi e tra le mani miniature bizantine, o imitazioni e riproduzioni di esse, raffiguranti l'oltretomba, in Salteri, Evangeliari, Giobbi, Apocalissi, Martirologi: tutta una serie di manufatti artisticoreligiosi in cui da secoli, vinta la crociata spirituale contro gl'iconoclasti, il monachismo bizantino rappresentava ed insegnava i misteri della fede in forma simbolica, come in una specie di teologia grafica per gli analfabeti. Ora si noti che uno dei principali centri d'ispirazione e d'elaborazione di queste rappresentazioni pittoriche o miniature, era appunto l'Oriente siropalestinese.

Ricercando le fonti della iconografia evangelica latina, il Millet dopo aver ricordato che dal V al IX secolo nell'Italia del sud e a Roma, la Siria esercitò larga influenza artistica e culturale, rileva come, passando attraverso l'Italia, i tipi siriani penetrano nell'iconografia carolingia. I manoscritti dell'età degli Ottoni contengono un ciclo evangelico già svolto, che convien riattaccare non, come s'è creduto sinora, all'antica arte cristiana d'Occidente, ma piuttosto alla redazione dei mss. greci illustrati in Palestina, al IX o X secolo, e portati allora in Europa da pellegrini, da mercanti o da monaci specialmente basiliani. Nella lunga influenza bizantina che durante i secoli XIXIII si fa ancora sentire in Occidente, particolarmente in Italia e in Germania, si può distinguere una precipua tradizione siriana e palestinese, nei mosaici e nelle miniature. Così motivi palestinesi arrivano sino alla scuola senese e a Duccio, come un riflesso dell'Aghia Sophia sfolgorante in trono nelle miniature del medio evo greco si ritrova sull'iconografia della Sapientia nel trecento italiano, sui molteplici affreschi di

Simone Martini a Firenze o del Lorenzetti a Siena. Nè si può negare un legame, se non altro di fratellanza spirituale, fra la Beata Beatrice del Paradiso dantesco e la Divina Sapienza glorificata dai Padri e dai poeti sacri della chiesa greca, raffigurata nei mss. e codici bizantini, fra cui quello celebre di Rossano detto il purpureo.

La lunga digressione ha ancora un ultimo passo induttivo o congetturale. Chi può negare la possibilità che su queste miniature dedicate con predilezione alla iconografia d'oltretomba e provenienti, come abbiam veduto, da scuole e laboratori siropalestinesi nei primi secoli dopo il mille, s'insinuassero elementi di fattura o d'ispirazione musulmana, dal momento che gli stessi musulmani, seguíti ed emulati in ciò ben presto dagli israeliti, avevan finito per accettare nella sua quasi integrità l'oltretomba cristiano? È un'ipotesi che mi sembra nulla avere d'inverosimile, se ricordiamo la babelica miscela d'idee, di simboli e di dottrine, che notammo già nell'ambiente musulmano siropalestinese di quell'età. Che se ci mancano a tutt'oggi le prove documentarie di questa congetturata contaminazione, si noti come lo studio critico sulle miniature dei secoli intorno al mille sia ancora ai primi passi; e d'altra parte si rammenti la facilità di dispersione e di distruzione di siffatti minuti prodotti graficoartistici, accanto alla facilità e rapidità di loro diffusione o traslazione nel mondo. Un accenno o indizio di prova possiam trovare forse in un manoscritto greco recentemente illustrato , un Salterio del secolo XI, con miniatura ornamentale di fattura araba, proveniente probabilmente dal Cairo.

V.

In conclusione, dopo aver tentato e indagato da ogni parte, per scoprire i sicuri o probabili nessi diretti, se pur non immediati, fra il pensiero dantesco e l'Oriente, oltre la cerchia del sapere geografico e scientifico, dobbiamo riconoscere che tutti i tentativi fatti dagli orientalisti in quest'ultimo mezzo secolo di ricerche (comprese quelle sì larghe e sì ben congegnate dell'Asin) non ci hanno portato nemmeno d'un passo innanzi, altro che su terreno molto ipotetico e instabile, riguardo a ciò che gli studiosi di Dante sapevan già, per indagini dirette nel contorno spirituale di Dante, o per ragionevole induzione da quanto il Poeta stesso nelle sue opere esplicitamente dice. Dante conobbe solo la scienza e la filosofia orientale nella misura accessibile al suo tempo, cioè la arabomusulmana, e dalle traduzioni latine che egli trovò nelle mani dei suoi contemporanei. Come, per qual via o direzione, e sino a qual punto, possiamo ancora, a ricapitolazione della nostra modesta rassegna, ridirlo quasi con le stesse precise parole che adoperava, più di 70 anni or sono, F. Ozanam concludendo un capitolo del suo ben noto e pregiato libro sulla Filosofia di Dante.

Due vie aperte, l'una a mezzogiorno, l'altra a nord, potevano condurre Dante alle fonti del vecchio Oriente: le relazioni allora frequenti dell'Europa con i Saracini da una parte, e con i Mongoli dall'altra. Pur nel cozzo guerresco fra Cristianità e Islamismo in Spagna e in Palestina, le scienze, quasi protette da una salvaguardia o immunità ospitaliera, eran passate dall'un campo all'altro, e avevan stretto un'attiva corrispondenza che da Bagdád e da Cordova si estendeva per tutte le contrade cattoliche, e sopratutto in Italia. Federico II nelle ore d'ozio trascorse nella sua ricca biblioteca, attigua agli harem voluttuosi di Puglia e di Sicilia, svolgeva manoscritti greci ed arabi, e in un rescritto redatto dal suo cancelliere Pier della Vigna ne prometteva, e poi ne faceva eseguire, la traduzione all'Europa. Già le Crociate avevan familiarizzato i Latini con le lingue della Grecia e dell'Oriente, mentre arditi pellegrini andavano a cercare alle scuole di Toledo e di Cordova la scienza musulmana depositaria od interprete del sapere antico. Al principio del secolo XIV l'antichità e l'Oriente ricevono a dir così solenne ospitalità nella Repubblica cristiana, quando, al concilio di Vienna, si dà ordine di fondare nelle quattro università principali e nel luogo dove la corte romana soggiornerà, cattedre d'ebraico, di caldaico, d'arabo e di greco.

Le traduzioni latine di Avicenna, d'Algazali, d'Averroè, andando per le mani degli studiosi al tempo di Dante, non potevan mancare di cadere nelle mani di lui: ripetute citazioni ne fanno fede nei suoi scritti. Una conoscenza esatta delle dottrine musulmane si riconosce particolarmente nel giudizio che egli ne dà. Mentre la maggior parte dei suoi contemporanei riteneva per pagani i seguaci del Corano, e Maometto per un idolo, Dante considera l'Islamismo come una setta ariana, e Maometto come il capo del più grande scisma che abbia desolato la Chiesa, castigato a sua volta dalla divisione separatista dei suoi adepti sotto le bandiere nemiche di Moavia e di Alì.

Or questi medesimi Saracini, ultimi eredi del sincretismo alessandrino, iniziati d'altra parte alle fantasticherie del Sufismo persiano, toccavano così per due lati all'antica saggezza indiana, che sembra aver diffuso emanazioni feconde sulla Persia e sull'Egitto. Essa saggezza si ritrovava altresì con i suoi dommi fondamentali nella religione di Budda, che, scacciata dalla penisola indostana dopo lotte sanguinose, aveva invaso l'Asia settentrionale e trascinato sotto le proprie leggi le orde mongole sparse per l'Altai e il Caucaso. Questi popoli si scossero: spaventevoli irruzioni verso la metà del XIII secolo desolarono le contrade slave e germaniche. Più tardi la politica saggia della Santa Sede li arrestò: pacifici rapporti si stabilirono fra i principi cristiani e i nipoti di Gengiscan. Ambasciatori del Buddismo si presentarono nella capitale ed al convegno della cattolicità, a Roma: in cambio Roma e

57

la Francia mandarono ai nuovi alleati, missionari incaricati di portar loro la fede con la pace. L'industria ebbe anch'essa le sue missioni avventurose. Le vie tracciate da Pian de' Carpini e Rubruquis, furono seguite da mercanti veneziani; numerose relazioni di viaggi, scritte o verbali, si sparsero per l'Occidente; e in quell'età, preoccupata più che la nostra, dagli interessi della vita futura, le opinioni teologiche dei Mongoli non dovettero restare ignote ai dotti europei.

Dante sopratutto, avido di sapere, sempre in cerca di tradizioni e di dottrine che potessero trovar luogo nell'insieme della sua vasta composizione poetica, egli che del resto aveva dovuto incontrar più d'una volta alla corte dei principi italiani i deputati tartari, non aveva certo omesso d'informarsi delle loro credenze. Egli anzi li ricorda e cita a testimonianza delle proprie asserzioni. Un duplice commercio lo metteva dunque, a sua insaputa, in lontana relazione con i sacerdoti e filosofi delle rive del Gange. E se rammentiamo che la loro scienza, sì vantata nell'antichità, era stata consultata più volte dai saggi della Grecia, e che essa aveva lasciato traccie persino negli scritti di alcuni Padri della Chiesa, si dovrà forse scorgere qui un terzo punto o mezzo di comunicazione, per quanto remoto e starei per dire capillare, tra Dante e il pensiero orientale.

*

* *

Queste conclusioni di F. Ozanam, in apparenza ardite per il suo tempo ma pur ponderate e prudenti, si potrebbero agevolmente diluire, commentare, precisare (ciò che in parte abbiamo già fatto) con erudizione oggi facile; ma nulla potrebbe aggiungervisi di sicuro e provato, o anche solo di probabile o verosimile, intorno alle così dette "fonti orientali" della D. C. La quale espressione, presa alla lettera, dimostrasi ancor oggi superficiale, insignificante e vuota d'ogni serio contenuto filologico e critico: noi ci lusinghiamo di aver contribuito, modestissimamente, con il presente libretto, a darle l'ultimo crollo.

Più si approfondisce lo studio della D. C., più si moltiplica e si allarga intorno ad essa l'indagine filosofica e storica: e più essa ci appare unica, originale fra ogni altra opera di umano intelletto nella sua unità organica, e nella sua profonda sincerità e complessità poetica. Anche dopo le larghe esplorazioni, fatte in ogni direzione attraverso tutte le età e le letterature, sulla genesi del sacro poema; esso resta opera e gloria di Dante, sebbene in verità appartenga a "dieci secoli cristiani" (come fu detto; e noi potremmo aggiungere, nel senso e nella misura su spiegata: "a tutto il medio evo, anche non cristiano"), di cui fu la più nobile e la più intensa voce ritmica rappresentatrice. Si potrebbe forse dire – osservava il Carlyle – che non la vastità ma l'intensità, con tutto ciò che ne deriva, fosse la caratteristica principale del genio di Dante. La sua grandezza s'è, in ogni senso, concentrata in fervida energia e profondità. "Egli è grande come l'universo, non perchè sia vasto com'esso, ma perchè come l'universo è profondo". Quanto alla sua estensione di cultura o ampiezza di sguardo, tutto c'induce a ritenere ch'egli conosce bene e acutamente quanto è a lui vicino; ma in un tempo come quello, senza libri stampati, nè libero scambio di comunicazioni, Dante non poteva conoscere bene quanto era lontano da lui. "La piccola luce chiara – non sapremmo dirlo meglio dello stesso Carlyle – potentissima per quant'è da presso, si frange in singolare e mobile chiaroscuro, battendo su ciò ch'è lontano".

Tale conclusione possiamo a buon diritto ripetere, anche per ciò che si riferisce ai rapporti fra l'Alighieri e l'Oriente, che qui abbiamo cercato d'indicare sommariamente, chiarire e precisare. Sono per la maggior parte – e specialmente nel campo del pensiero letterario, poetico ed artistico, e tanto

58

più in relazione con l'Oriente musulmano – rapporti indiretti, diffusi, di radiazione o interferenza periferica anzichè d'intercomunicazione centrale, per inconsapevole assorbimento d'ambiente contiguo e saturo di elementi simili, non per deliberata orientazione o specifica derivazione.

Se volessimo condensare in una similitudine la impressione definitiva che ci lascia nella mente questa nostra umile rassegna d'esplorazioni orientalistiche intorno alla D. C., potremmo rappresentarci il pensiero di Dante come una montagna eccelsa dalla cui cima agile e diritta verso il cielo si scopre un'ampia distesa di terra e di mare, per gran tratto contiguo in ogni direzione; ma via via che lo sguardo si allontana e si protende verso l'estremo orizzonte, dove l'aria si affosca per dense nebbie e nuvole circumvaganti, ogni chiarezza e precisione di contorno vien meno. I vapori si addensano in particolare verso l'oriente e lo chiudono in un velario quasi completo, tranne in un punto (la Palestina o Terra santa), dove un raggio di sole si fa strada, disvelando ed illuminando le bibliche contrade che, per illusione ottica, sembra si stacchino dal continente asiatico per accostarsi all'Occidente mediterraneo ed europeo, dominato dalla dantesca vetta superba. Alla quale, per la sua altitudine stessa, giungono di tanto in tanto dal resto di quel misterioso continente, non tanto lontano quanto recinto di nebbie isolatrici, giungono portate dai venti, dai riflessi di luce diffusi nell'aria, dai rari pellegrini che ne tornano, voci vaghe, echi, bagliori, confuse notizie del presente, rare incerte memorie del passato. Al genio o monte solitario che s'erge quasi nell'estremo occidente, talvolta arrivano, in particolare dalle più vicine terre musulmane del Mediterraneo, viaggiatori che riportano nella loro favella latina nozioni di geografia, di cosmografia, di astronomia colà apprese; o anche pervengono altre parole distinte, nomi esotici di cose o di persone, articolati e latinizzati, particolarmente questi ultimi, da interposta pronunzia iberica (Aven Rósced, Aven Sina): gli echi multipli e sonori dell'aprica montagna italica li raccolgono e li ripetono fedelmente con molteplici risonanze. Ma nulla più. L'Aquila abitatrice della vetta eccelsa più facilmente può spiccare il volo ed ergersi librata nell'azzurro sulle lunghe rubeste ali incontro al sole, anzichè, radendo le circostanti assai più basse cime, calare e perdersi nella nebbia

.... che da tanta parte

dell'ultimo orizzonte il guardo esclude.